어쩌다 가족

폴앤니나 소설 시리즈 004

어쩌다 가족

김 하 율
소 설 집

❋ 폴앤니나

내가 태어나 자란 곳
김동왕 이현주 님께

차 례

정리를 하자면 이유정씨와 최성태씨는 부부였다가 이혼한 후

이유정씨는 빅토르씨와, 최성태씨는 루드밀다씨와 재혼을 하셨네요.

그리고 빅토르씨와 루드밀다씨도 원래는 부부였는데

이혼하고 재혼한 거고요. 두 부부가 서로 상대방과 재혼한 셈이군요.

그리고 한집에서 지금 같이 살고 있고요. 맞습니까?

어쩌다 가족

"입주를 축하드립니다. 새 아파트라 집이 좋군요."

조사관이 자기소개를 마친 후 사무적으로 인사를 건넸다. 우리는 어색하게 미소를 보였다.

"그런데 모두 여기 사시는 겁니까?"

"네."

"모두 같이 말입니까?"

조사관이 재차 물었다.

"그런 셈이죠."

남편이 말하고는 머쓱하게 웃었다. 나와 남편은 서로의 파트너에게 더 가깝게 붙어섰다.

"그러니까, 제가 이해가 안 가서 그러는데."

조사관이 서류와 우리를 번갈아 보며 말을 이었다.

"이렇게 부부고."

손가락으로 나와 빅토르를 가리켰다.

"또, 이렇게 부부인 거죠?"

이번엔 손가락이 남편과 루드밀다를 향했다.

"네!"

나를 포함한 네 명의 입에서 절도 있게 대답이 나왔다.

빅토르는 합을 못 맞추고 한 박자가 느렸다. 한국어 질문을 이해 못 한 그의 옆구리를 내가 쿡 찌르자 그제 야 대답이 나온 것이다. 그렇게 우리는 신호를 맞췄다. 팔꿈치로 옆구리를 찌르면 네, 팔짱을 끼면 아니오,로. 빅 토르보다 한국어가 능숙한 루다는 눈치껏 대답을 했다.

"정리를 하자면 이유정씨와 최성태씨는 부부였다가 이혼한 후 이유정씨는 빅토르씨와, 최성태씨는 루드밀 다씨와 재혼을 하셨네요. 그리고 빅토르씨와 루드밀다 씨도 원래는 부부였는데 이혼하고 재혼한 거고요. 맞 습니까?"

조사관은 심문하듯 안경 너머로 우리를 쳐다보며 물었다.

"네."

빅토르만이 한 박자 쉬고 네, 대답했다.

"두 부부가 서로 상대방과 재혼한 셈이군요. 그리고 한집에서 지금 같이 살고 있고요. 우크라이나와 한국, 다문화 가정이네요. 자녀 두 명과 말이죠."

조사관이 텔레비전을 넋 놓고 보고 있는 여섯 살 아나톨리와 세 살 비카를 힐끔 쳐다보며 말했다.

"강아지도 한 마리 있어요."

강아지보다는 노견에 가까운 비싸를 가리키며 내가 덧붙였다. 조사관은 마지못해 비싸를 한 번 쳐다보곤 무슨 종이냐고 물었다.

"래브라도 리트리버와 푸들이 교배해서 나온 두들이라는 종이에요."

물론 내 추측이지만.

인터넷에 사진을 찍어서 올리니 사람들이 이런저런 추측성 의견을 내놓았는데 그중 가장 마음에 드는 의견을 채택했다는 말을 덧붙이려는 찰나, 조사관이 내 말을 막았다.

"잡종이군요."

알레르기가 있어서 사료도 고급만 먹인다고 그래서 이름도 비싸라고 말하려는데,

"왜 같이 사시는 거죠?"

서류를 소리 나게 탁, 덮고 나서 조사관이 물었다.

"누가 버리고 갔어요."

"개 말고 사람이요."

조사관이 우리를 나란히 둘러보며 말했다.

"집 때문이죠. 재산분할을 아직 못 했거든요."

남편이 목이 메는지 기침을 하며 말했다. 저 남자는 긴장하면 목이 잠긴다. 조사관이 이번엔 팔짱을 끼고 우리를 둘러보았다.

"실례가 안 된다면 물어도 될까요?"

"뭘요?"

"어떻게들 만나신 건지."

조사관의 말에 남편은 침을 꿀꺽 삼켰다.

"여행을 가서 우연히 만났습니다. 제 아내가 보시다시피 미인이잖습니까. 한눈에 반했죠."

남편이 껄껄 웃으며 루다의 어깨에 손을 얹었다. 루다도 자연스럽게 미소를 지었다. 나도 모르게 그들을 노려보다 조사관과 눈이 마주쳤다. 나는 보란 듯이 빅토르의 팔짱을 다정스럽게 끼고 어깨에 머리를 기댔다. 그러자 빅토르 입에서 큰소리로 '아니오'가 튀어나왔다. 깜짝 놀란 조사관이 빅토르를 쳐다보았다.

"이 사람 말은 제가 더 미인이라는 뜻이에요. 이이는 참."

나는 웃으며 빅토르의 팔을 힘껏 꼬집었다. 빅토르가 움찔하는 게 느껴졌다.

"출입국 기록에 따르면 두 분이 우크라이나를 방문한 적은 없던데요."

조사관이 서류를 보지도 않고 남편을 향해 말했다. 예상 못 한 조사관의 질문에 남편은 숨 쉬는 것도 잊은 채 얼음이 되어 멈췄다. 뇌가 버퍼링에 걸린 것 같았다.

"아, 그건 작년에 체코에 갔을 때예요. 거기서 만났어요."

내가 말하자 그제야 남편이 아, 아 그렇지 하며 버퍼링이 풀렸다.

"프라하의 그 다리 아시죠? 그 아름다운 다리요. 모든 연인이 키스를 하고 있는. 뭐더라? 거기 이름이 뭐지, 여보?"

하며 남편이 나를 향해 묻다가 루다에게 얼른 고개를 돌렸다. 루다도 눈만 굴렸다. 이런 돌대가리들 같으니! 리허설까지 했는데도.

"카를 다리?"

내가 작게 말하자 다들 무릎을 치며 아, 카를! 하고 웃었다. 그때 남편과 나도 남들처럼 그 다리에서 키스했었다. 로맨틱하게.

"모두 쿨하시네요. 전처와 전남편이, 그것도 각자 재혼한 후 한집에서 같이 산다는 게 저로서는 상식적으로 이해가 안 갑니다만."

다 식은 커피잔을 들며 조사관이 입을 열었다.

"할리우드 스타일이죠. 저희가 뭐 안 좋게 헤어진 것도 아니고요. 새로 찾은 각자의 행복을 위해 서로를 보내줬다고나 할까요."

남편이 두 손을 활짝 펴고 어깨를 으쓱하는 제스처를 취하며 말했다. 허세기가 다분해 보였다. 너무 나가는데. 나는 티 나지 않게 고개를 옆으로 흔들며 그에게 경고를 했지만 남편은 보지 못했다. 조사관이 반응이 없자 남편은 급기야,

"사랑에 빠진 게 죄는 아니잖아요!"

얼마 전 종영한 드라마 대사까지 치고 말았다. 그러자 그 드라마를 끝까지 애청한 루다가 큭, 하고 옆에서 웃음을 터뜨렸다. 영문을 모르는 빅토르도 루다를 따라 미소를 지었고 나는 남편을 한심한 듯 쳐다보았다.

"사랑은 죄가 아니지만 부동산을 불법으로 취득하는 건 죄가 됩니다."

조사관이 커피가 든 머그잔을 탁자에 조용히 내려놓으며 말했다. 입안에 고여 있던 침이 소리를 내며 식도로 넘어갔다. 조사관이 이 소리를 못 들었길 바라며 나는 부러 시선을 돌렸다. 아이들이 보고 있는 디즈니 애니메이션 주제곡이 들렸다. 넌 나의 친구야. 넌 나의 친구야. 빅토르의 발이 식탁 아래서 까딱거리며 박자를 맞췄다.

"불법이라뇨?"

남편의 목소리가 다시 갈라졌다.

"편법도 엄밀히 말하면 불법이죠. 그리고 그걸 적발하는 게 제 일이고 말입니다."

조사관이 의자에서 일어나 우리를 내려다보았다. 무심하지만 빈틈이 없어 보이는 눈빛이었다. 거기서 나는 느꼈다. 그가 우리를 의심하고 있다는 것을. 그리고 사인 받기 어려울 거라는 것을.

"뭔가 오해가 있으신 거 같은데……"

남편의 말을 뒤로한 채 조사관은 현관문을 향해 걸어갔다. 그리고 문을 닫기 전 말했다.

"또 오겠습니다."

모두 긴장이 풀려서 소파에 주저앉았다. 요즘 아파트는 설계를 잘해서 20평대도 30평 같다고 하는 말은 허구라고 생각한다. 가구를 놓아보면 안다. 23평 아파트 소파에 네 명의 성인과 두 명의 유아가 함께 앉기는 불가능하다. 나는 바닥에 앉아서 비싸의 곱슬거리는 털을 쓰다듬었다.

"눈치챈 거 같지?"

나는 남편을 향해 물었다.

"우리, 의심해."

남편 대신 루다가 대답했다. 그러곤 빅토르와 우크라이나어로 대화를 나눴다. 저들이 '쉬'와 '크' 소리가 많이 나는 저 언어로 자기들끼리 말을 할 때면 뭔가 벽이 느껴졌다.

"편법이지 불법은 아니잖아. 심증만 있고 물증은 없는 거지."

남편이 리모컨을 손에 쥐고 말했다.

"사인을 안 해주면 어떡하지?"

"갑자기 부동산 감독원 같은 건 왜 생겨가지고."

내 질문에 남편이 한숨을 쉬며 내뱉었다.

"아무튼 또 온다고 했으니 모두 입을 잘 맞춰야 해."

남편이 결의에 찬 표정으로 모두를 둘러보며 말했다.

"입을 맞춰?"

남편의 말에 루다가 눈을 크게 뜨고 물었다. 아니, 그게 아니라. 설명하려던 남편이 또다시 한숨을 쉬었다.

"키스도, 해?"

루다의 키스라는 말에 심각한 표정을 지으며 빅토르가 나를 쳐다보았다. 그런 빅토르를 보며 남편이 화를 버럭 냈다.

"키스가 아니라 연극 말이야, 여태까지 우리가 해온 연극!"

괴성을 지르는 남편을 모두 쳐다보았다. 아이들과 비싸까지도. 뭔가 분이 안 풀리는 듯 씩씩대는 남편을 쳐다보며 나는 이 지루한 연극의 시작이 도대체 언제였던가 떠올렸다. 1년 전 어느 저녁이었다.

그날도 우리는 저녁 식사에 반주를 하고 있었다. 주로 맥주였고 때로 막걸리도 되었지만 그날은 맥주를 한 캔씩 땄다. 비싸는 제 마약 방석에 엎드려 있었는데 털이 눈을 가려 자고 있는지 뜨고 있는지 알 수 없었다. 습관처럼 켜놓은 텔레비전에서 뉴스가 흘러나왔다.

'올해부터 보다 많은 무주택 실수요자에게 특별공급 청약기회가 제공됩니다.'

남편과 나는 화면으로 고개를 돌렸다. 그때, 기사의 자막이 눈에 들어왔다.

'신혼부부 특공은 7년 이내이며 생애 한 번뿐인 기회, 현명하게 써야.'

우리는 동시에 서로를 쳐다보았다. 남편은 손가락을 꼽아 보더니 달력으로 눈을 돌렸다. 그러곤 외마디 욕설을 뱉었다. 우리가 혼인신고를 한지 정확히 7년하고 한 달이 지나 있었다. 남편은 자신의 머리를 쥐어뜯었다. 내 눈치를 보며. 나는 한숨으로 대답을 대신했다. 혼인신고를 서두른 것은 남편이었다. 나는 아이를 갖고 해도 늦지 않는다고 했지만 남편은 혼인신고를 하지 않으면 결혼한 게 실감나지 않는다며 우겼다. 그리고 7년이 흐른 후, 우리 부부와 얼마 전 들인 늙은 개 비싸가 가족 구성원의 전부였다.

"어차피 되지도 않네. 자녀가 있어야 확률이 높대."

어느새 휴대전화로 정보를 찾아본 남편이 말했다.

신혼부부 특공, 다자녀 특공. 모두 우리와 상관없는 것들이었다. 남편과 나는 말없이 맥주만 들이켰다. 전세 만기일이 다가오고 있었다. 전화벨이 울릴 때마다 우리는 깜짝깜짝 놀랐다.

적막 속 아나운서 목소리만이 허공을 채웠다. 특공이라는 말이 왠지 전투적으로 들렸다. 특별공급을 위한 특수공작인가. 신혼부부들이 K2 소총을 들고 집을 사수하기 위해 필사적으로 달리는 이미지가 떠올랐다. 나도 그들을 따라 총을 잡고 달렸다. 태어나서 진짜 총은 본 적도 없는데 이상하다. 왜 이렇게 자연스럽지. 아무래도 넷플릭스를 너무 많이 본 거 같다. 아무튼 총을 들고 다다다 달려서 도착한 곳은 윤의 집이다. 오늘도 남편과 내 책상을 오가며 집값이 올랐다고 자랑한 총무인사팀 윤 말이다. 나는 벨을 연거푸 두 번 눌렀다. 총은 등 뒤로 슬그머니 감추고.

남편과 나 그리고 윤은 입사 동기였다. 윤과 남편은 평균 신장에 생김새도 평범했다. 나이도 같았고 모나지 않게 둥근 성격도 비슷했다. 그리고 둘 다 내게 호감을 보였다. 그중 나는 남편을 선택했는데 그 이유는 윤의 턱 밑에 난 사마귀 같은 점 때문이었다. 거기에 난 털 오라기 하나가 볼 때마다 거슬렸다. 그렇게 남편과 나는 사내 커플이 되었고 1년 후 우리는 결혼했는데 윤도 우리와 같은 계절에 식을 올렸다.

그 이후 우리의 운명이 어디서부터 달라졌는지 나는 곰곰이 생각해본다. 신혼집. 남편과 나는 그동안 모아놓은 돈과 양가에서 보태주신 것을 합쳐 역세권의 작은 아파트 전세를 얻었다. 그런 우리와 달리 윤은 한참 비탈길을 올라야 나오는 후미진 아파트를 구입했다. 우리 전세금과 같은 금액이었다. 당시는 전국적으로 미분양이 나던 시기였다. 전세와 매매가 비슷하거나 같은 금액이었기 때문에 요즘 누가 집을 사느냐는 말이 나오던 그런 시기였단 말이다.

그런데 해를 거듭할수록 집값이 서서히 아니, 급속도로 오르기 시작했다. 그때마다 주위에서는 지금이라도 안 늦었으니 사라고 했지만 우리는 매번 고개를 저었다. 지금은 때가 아니야. 곧 내릴 거야. 그러는 가운데 윤은 자신의 산꼭대기 아파트조차 값이 오르기 시작하자 부동산에 눈을 뜨고 갭투자를 하기 시작했다. 대출을 받아 집을 사고팔고 사고팔고 하는 눈치였다. 사무실에 앉아서도 한쪽에 경매 사이트 창을 늘 띄워

놓고 있었다.

그동안 우리는 뭘 했던가. 성실하게 일했다. 덕분에 남편은 진급했고(월급이 5% 인상됐다) 나는 원하는 부서로 이동했다. 하지만 고개를 들어보니 그동안 부동산으로 재미를 본 윤과의 재산 격차는 어느덧 세 배가 넘어가고 있었다. 우리의 영혼을 끌어다 1+1로 묶어 팔아도 그 차이는 메울 수 없을 것 같았다.

나는 다시 한번 벨을 꾹 눌렀다. 잠시 후 윤이 나왔다. 나를 본 순간, 그가 움찔 놀라는 듯하더니 이내 미소를 지어 보였다. 점에 난 털도 같이 움직였다. 집 구경 좀 하라며 그가 손짓했다. 이 집이 세 배가 올랐다는 바로 그 집이라며. 총을 쥔 손에서 땀이 났다.

어서 들어오래도.

윤이 재촉했다.

이 과장, 너희는 집 없잖아. 와서 구경이라도 해.

허허 웃는 그에게 나는 총을 겨눴다.

그는 내가 장난이라도 치는 줄 아는지 배를 잡고 웃었다.

그러게, 달러 빚이라도 끌어다 샀어야지. 개미처럼

일해서 어느 세월에……

윤은 웃느라고 말을 잇지 못한다. 나는 안전장치를 풀었다. 그리고 턱 밑에 난 털을 향해 방아쇠를……

"잠깐!"

남편이 맥주를 식탁에 탁! 내려놓으며 말했다. 그 소리에 비싸가 고개를 들었다가 다시 방석에 코를 파묻었다. 남편은 비싸를 두고 우울증에 걸린 게 틀림없다고 말했다. 저렇게 무기력한 개는 처음 본다며. 하긴, 비싸는 먹고 싸는 일 외에는 방석에 엎드려 창밖이나 허공을 쳐다볼 뿐이다. 누가 버리고 갔는지 아파트 입구에 며칠 동안 묶여 있었는데 짓궂은 아이들에게 돌을 맞고 있는 걸 내가 데리고 들어왔다. 남편은 무슨 병원비에 사료가 이렇게 비싸냐고 투덜거렸다.

"왜 생애 한 번뿐이지?"

남편이 고개를 갸웃하며 물었다.

"뭐가?"

"신혼이 왜 생애 한 번뿐이냐고."

정색하고 묻는 남편의 뺨을 나는 손바닥으로 감쌌다. 그러자 남편이 내 손을 잡아 내렸다. 남편의 물음은 우리의 신혼을 임의로 끝내버린 타인에 대한 적개

심이 아니었다. 순수한 의문이었고 그 의문은 통통 튀어서 급기야 이상한 상상에까지 닿아 있었다.

"만약에 말이야. 우리가 이혼하고 재혼을 하면 그것도 신혼이잖아."

남편이 몸을 앞으로 기울이며 말했다.

"상식적으로 같은 사람끼리는 안 되겠지. 정부가 바보도 아니고."

나는 식탁 의자에 등을 기대며 대답했다.

"그럼 다른 사람이랑 하면 되잖아! 이왕이면 애까지 있는 사람이면 더 좋겠네."

남편은 뭔가 깨달음을 얻은 것처럼 유레카를 외치듯 말을 받았다.

"오! 신선한 아이디어군."

나는 남편의 캔에 내 캔을 부딪치며 말했다. 나는 내려놨던 총을 다시 장전하러 집어 들었다. 그새 윤이 자기 집으로 들어가 버린 터였다. 다시 벨을 막 누르려는 찰나, 남편이 말을 이었다.

"못 할 거 없잖아."

나는 고개를 들어 남편의 얼굴을 보았다. 장난기를 지운 진지한 표정. 저 표정을 전에도 본 적이 있다. 사내 연애 시절, 그때도 우린 이렇게 농담처럼 시작했다.

결혼? 못 할 거 없잖아.

그런데 이혼 도장도 이렇게 찍게 될 줄은 정말 몰랐다.

남편이 리모컨을 들고 뉴스로 채널을 돌리자 아나
톨리가 빽, 소리를 질렀다. 남편은 한숨을 쉬고는 우리
의 침실인 작은 방으로 들어가 버렸다. 남편이 자리를
뜨자 거구인 빅토르는 소파에 좀 더 편하게 자리를 잡
고 자신의 아이들과 느긋하게 텔레비전을 시청했다.
루다는 그 옆에서 비카의 갈색 머리를 빗겨주고 있었
다. 완벽한 가족의 모습 앞에서 나는 불청객의 마음이
되었다. 마치 저들은 이 집에서 아주 오랫동안 산 사람
들 같다. 이 새집에 입주한 지 한 달이고 심지어 한국
에 온 지는 8개월 남짓 되었는데.

원래 계획은 조사관의 사인을 받은 후, 서류상 혼인
한 것에 다시 서류상 이혼을 해서 원상태로 돌려놓는
것이었다. 그리고 손을 절레절레 흔들며 안 받으려 할
테지만 빅토르 가족에게 항공료 정도의 수고비를 챙겨
주기로 남편과 나는 생각하고 있었다. 우리 집에 처음
들어올 당시 저들은 숙식을 제공해 주는 것만으로도

굉장히 고마워했으니까.

"마마, 야블루코!"

아나톨리가 루다에게 말했다. 루다는 일어나 주방으로 가다가 나를 향해 사과를 먹겠느냐고 물었다. 나는 예의 바른 손님처럼 고개를 저었다.

우리를 만나기 전 빅토르 가족은 사기 이민을 당하고 모텔을 전전하는 중이었다. 경찰에서는 기다려도 연락이 없었다. 루다는 그 당시를 얘기할 때면 맥도널드의 제일 저렴한 세트 메뉴를 아이들에게 매일 먹였다며 눈물을 보였다. 그래서인지 원래 식성이 그런 건지 빅토르는 마트에만 가면 고기에 대한 무한한 사랑을 보였다. 한국 고기는 육질이 부드럽고 향긋하다고 했다(미국산 냉장육인데). 그는 한국에 와서 5kg이 늘었다며 자신의 뱃살을 쓰다듬었다.

우리는 일주일 치 양식을 대형 할인마트에 가서 구입했는데 주말이면 여섯 명이 중소형 차에 차곡차곡 구겨 탔다. 빅토르는 카트에 고기를 종류별로 담았고 아나톨리는 총기류의 장난감을 하나 잡고는 사줄 때까지 울었다. 루다는 비카의 레이스 달린 옷을 매번 만지작거리다 내려놓기를 반복했는데 그럴 때면 나는 결국 비싼의 신상 강아지 옷을 도로 꺼내고 비카의 옷을 카트에 담았다. 그리고 남편은 지갑을 열었다. 한 달 생활비가 두 배로 늘었다. 그렇게 반년을 넘게 같이 살았다.

한국 생활에 적응할수록 빅토르는 욕심을 부렸다. 영주권을 획득하고 싶다는 것이었다. 사인을 받은 후 거처는 옮기겠지만 이혼은 좀 더 기다려 달라고 했다. 이건 아니지 않나. 나와 남편은 갑작스러운 그의 요구에 머리를 갸웃했다. 법적으로도 빨리 마무리를 짓고 싶었으나 빅토르는 들어주지 않으면 협조를 하지 않겠다며 어깃장을 부렸다. 연기를 못 하겠다고 했다.

"그게 아니라면 집을 반으로 나눠 주든지."

간단한 영어였지만 내 귀를 의심했다. 남편의 표정을 보니 내가 들은 게 맞는 모양이었다.

"무슨 소리야, 대출은 우리가 갚고 있는데."

영어 단어가 바로 떠오르지 않는지 흥분한 남편이 더듬거리며 말했다.

"우리도 빈손으로 우크라이나 갈 수 없어!"

빅토르도 허리춤에 손을 얹고 맞받았다.

"그거야 내가 알 바 아니지."

남편도 고개를 빳빳이 들고 언성을 높였다. 남편보

다 키가 큰 빅토르가 반걸음 다가서며 고압적으로 그를 내려다보았다.

"나와 루다는 당신들 때문에 이혼까지 했다고!"

"그건 네가 사기를 당했기 때문이잖아!"

두 남자가 서로를 노려보았다. 눈 싸움에 기 싸움에 일촉즉발의 상황이었다. 분위기가 험해지자 루다는 아이들을 데리고 방으로 들어갔다. 나는 만약에 있을 유혈 사태에 대비해 휴대전화를 들었다. 112에 해야 하나, 119에 해야 하나, 구급상자는 어디 있지. 주위를 두리번거렸다.

사기라는 말이 나오자 빅토르의 미간에 주름이 잡혔다. 나는 자연스럽게 민구 형을 떠올렸다. 우리를 이어준 민구 형 말이다. 민구 형은 남편의 고등학교 선배로 자동차 딜러다. 그리고 대한민국 국민의 한 다리 건너 한 명씩은 알 정도로 발이 넓은 사람이다. 게다가 오지랖도 넓어서 누군가 무슨 문제에 봉착하면 발 벗고 나서서 해결해 주기도 했다. 남편은 그가 흥신소를 해도 잘했을 거라고 종종 말하곤 했다.

어쨌든, 민구 형의 군대 후임의 고종사촌인 준은 작

년에 직장을 관두고 세계 여행을 떠났다고 한다. 스스로에게 자체 안식년을 줬다나 뭐라나. 유럽과 아시아, 북아메리카와 아프리카, 남미 등을 누비고 다니면서 글로벌적으로 많은 친구를 사귀었는데 그의 SNS와 블로그에는 다국적 인물들이 늘 업데이트됐다고 했다.

그렇게 준은 1년 가까이 방랑을 하다 한국에 돌아와 다시 착실한 직장인이 되었는데 어느 날 페이스북으로 메시지를 받게 되었다. 처음엔 그가 누구인지 기억을 못 하다가 아, 빅토르! 하고 떠올렸다. 우크라이나 항구 도시 오데사에 머물 때 묵었던 게스트하우스 주인이었던 것이다. 항상 잘 웃고 친절하던 그의 얼굴보다 먼저 떠오른 것은 비현실적으로 아름답던 그의 아내였다고. 각설하고, 빅토르는 지금 자신과 가족이 한국에 있고 몹시 안 좋은 상황인데 마침 한국에 친구가 있다는 것을 떠올리며 연락을 하는 것이라고 도움을 요청했다는 것이다. 한달음에 달려와 경찰서를 비롯해 여기저기 알아본 준은 최종적으로 그에게 말했다.

"빅토르, 안됐지만 넌 사기를 당한 거야. 그는 사기꾼이야."

루드밀다는 타국의 맥도널드 바닥에 주저앉아 울음

을 터뜨렸고 영문을 모르는 아이들도 엄마를 따라 울었다. 그렇게 한동안 모텔과 맥도널드를 오가던 중 준이 다시 찾아와 숙식을 제공할 곳을 찾았다고 말했다. 다만, 조건이 있었다.

"결혼을 또 하라고?"

깜짝 놀란 빅토르는 콜라를 쏟을 뻔했다. 서류상으로만 일시적으로 하면 된다는 준의 말에 의아했던 빅토르는 왜 그래야 하느냐고 물었다.

"집을 갖기 위해서야."

한국에서 집을 사기 위해서는 돈이 많아야 한다는 것은 팍에게 익히 들어 알고 있었지만 이렇게까지 해야 집을 가질 수 있다니. 빅토르는 한국도 만만치 않은 나라구나, 내가 이런 나라에 온 거구나. 그 순간, 자신을 꼬드긴 사기꾼 팍에 대한 증오가 다시 한번 일었다.

미간에 힘을 준 빅토르는 사기꾼 팍도 한국 사람이라며 같은 한국인으로 당신들에게도 일말의 책임이 있다고 침을 튀기며 주장했다. 어이가 없어진 남편은 그건 하느님이 너희에게 준 땅을 이제 도로 가져가겠으니 반납하라고 말하는 것과 뭐가 다르냐며 대응했다.

지켜보던 나는 빅토르 덕분에 영어 하나는 많이 늘었군, 하는 생각이 들었다. 반면 루다는 한국어가 늘었다. 빅토르는 영어, 우크라이나어를 했고 루다는 우크라이나어와 러시아어를 할 줄 알았는데 이제는 3개 국어 능통자가 되었다. 갑자기 빅토르의 눈이 커졌다.

"초이, 그 이야기 어떻게 알았어?"

남편은 큼큼 헛기침을 한 후 우크라이나 역사에 대해 찾아봤다고 말했다. 말인즉슨, 우크라이나인들이 자신들의 국토에 대해 즐겨하는 전설에 대한 이야기였다. 하느님이 세상을 만든 후 모든 민족에게 살 땅을 나누어 주었는데 우크라이나인들은 술을 마시며 즐기느라 늦어서 땅을 받지 못했다. 그러자 하느님은 자신이 살기 위해 남겨둔 마지막 땅을 주었다는 것이다. 저런 얘기는 도대체 어디서 찾은 거지. 나는 팔짱을 낀 채 남편을 쳐다보았다.

"맞아, 우크라이나는 그만큼 아름다운 나라야."

빅토르는 눈시울을 붉히며 말했다. 그러곤 남편의 손을 잡고 고마워했다. 얼떨결에 손을 맞잡은 두 남자는 자리에 앉았다. 이야기는 곧 우크라이나의 지정학적 위치와 비옥한 토양, 그로 인한 외세 침략의 역사와 현재의 불안한 치안, 경제적 위기, 어느 나라에나 있는 정치 얼간이들, 자신이 이민을 오게 된 이유로 나아갔다. 방에서 상황을 지켜보고 있던 루다가 캔 맥주를 내왔다. 남자들은 밤새도록 이야기꽃을 피우다가 각자 방으로 들어갔다. 남편은 아침이 되어서야 숙취와 함께 하려던 말이 그게 아니었음을 깨달았다. 나는 전남편과 현남편이 덤 앤 더머라는 사실을 깨달았다. 할 수 없이 우리는 조사관의 사인을 받은 후 생각해 보자고 이혼을 잠정적으로 보류해 놓았다. 그 일이 있기 전까지.

속이 더부룩했다. 엄지와 검지 사이를 주무르며 약상자를 뒤적이자 루다가 왜?라는 표정으로 나를 보았다.

"체한 거 같아서. 배가 아파."

내가 배를 문질러 보이자 루다가 고개를 끄덕이더니 나를 식탁 의자에 앉혔다.

"시나몬허니 티, 최고."

물을 끓이고 서랍에서 컵을 꺼내고 냉장고를 여는 일련의 행동을 물끄러미 보며 저런 여신이 내 집에서 밥을 해주고 있다니 하는 생각이 들었다. 남편이 처음 우크라이나에 대한 이야기를 꺼냈을 때만 해도 러시아

옆에 붙어 있는 땅만 떠올랐다. 저기 저 대륙 말인가? 하지만 다음 날 총알 배송처럼 우리 집 현관에 도착한 빅토르 가족을 보았을 때 아, 이래서 김태희가 밭을 갈고 전지현이 김을 맨다는, 비둘기조차 예쁜 나라라고 하는구나 싶었다. 가족 모두가 모델 포스였다.

꿀을 꺼내기 위해 김치냉장고를 열며 루다가 코를 쥐었다. 한류를 좋아해 드라마로 한국어를 익힌 루다조차도 익은 김치의 톡 쏘는 냄새만큼은 익숙해지지 않는다고 했다. 그런데 이상하다, 나도 갑자기 익숙하지가 않았다. 나는 토종 한국인인데. 입에 침이 고이고 속이 울렁거렸다. 내가 인상을 쓰며 입가로 손을 가져가자 루다가 나를 쳐다보았다. 꿀병을 손에 쥔 채로.

"리, 베이비?"

루다가 내 배를 가리키며 말했다. 나는 아니라며 손사래를 쳤지만 루다는 의미심장한 눈빛으로 미소를 지었다. 나는 설마 하는 마음으로 달력을 보다 혹시나 하는 마음으로 편의점에 다녀왔다. 7년 동안 종종 있었던 일이다.

그런데 정말 임신이었다. 기쁨보다 당황이 먼저 찾아왔다. 결혼 이후 우리 부부는 피임을 한 적이 한 번도 없었다. 남편도 얼떨떨한 표정이었다.

"이제 집이 생긴 걸 알고 온 걸까."

남편이 가만히 내 아랫배에 손바닥을 댔다. 따스한 기운이 전해졌다. 앞으로 자신이 살 자궁 내벽이 튼튼한지 두들기고 있는 태아가 연상됐다. 빅토르 부부는 손뼉을 치며 축하해 주었다. 루다는 나를 껴안으며 눈물을 글썽였고(정말 눈물이 많은 여자다) 빅토르도 함박웃음을 지으며 말했다.

"내가 가드파더가 되어 줄게."

그 말에 남편과 나는 화들짝 놀랐다. 그가 서류상의 내 남편이라는 것을 우리는 잊고 있었다. '혼인 중의 자'로 추정되어 이 아이는 법적으로 빅토르의 자식이다. 이대로라면 '대부'가 아닌 정말로 '부'가 되게 생긴 것이다. 축제의 시간은 짧았다. 아이가 나오기 전까지 무슨 일이 있어도 이혼해야 한다. 우리 부부는 전투적인 눈빛으로 우크라이나 부부를 쳐다보았다.

루다는 밀가루 반죽을 하고 비트를 갈았다. 이상하게 우크라이나 음식만 먹혔다. 다른 건 넘길 수가 없었다. 나를 위해 루다는 매일 꿀 케이크인 메도빅과 보르

시 수프를 만들었다. 향기로운 음식 냄새 사이로 남자들의 고성이 끼어들었다.

이혼해야 한다. 지금은 못 한다. 그러면 집을 나눠주든가. 말도 안 되는 소리하지 마라, 어차피 지금 집 팔지도 못한다. 한국에 살게 해달라. 그건 내 사정이 아니다. 그럼 어쩌란 말이냐. 그냥 우크라이나로 돌아가라. 그건 우리 가족에게 굶어 죽으라는 말이나 똑같다. 나도 살고 보자. 참 정도 없다. 이게 정으로 될 문제냐.

끝날 것 같지 않은 대화가 지루하게 이어졌다. 루다는 요리를 하며 캄 다운, 캄 다운 흥얼거리듯 말했다. 남자들에게 하는 말인지 아이들에게 하는 말인지 아니면 본인을 위한 말인지 알 수 없었다. 그러다 아나톨리가 리모컨을 눌렀다. 화면에 초록색 잔디밭이 깔렸다. 순간, 고요가 찾아왔다. 두 남자는 멋쩍게 화면을 흘끔거렸다. 루다가 얼른 남자들의 손에 캔 맥주 하나씩을 쥐여주자 둘은 할 수 없다는 듯이 자리에 앉았다.

축구가 시작되자 빅토르와 남편은 소파에 나란히 앉아 맥주를 마셨다. 잠시 휴전. 심지어 같이 웃기도 한다. 다시 일시적인 평화가 찾아왔다. 아나톨리는 새

로 산 장난감 총이 마음에 드는지 아무데나 겨누며 피
융피융 소리를 냈고 비카는 소파를 오르락내리락하며
뭐라고 쨱쨱거렸다. 루다는 오븐에 케이크를 넣고 국
자로 수프의 간을 보았다. 새콤하면서도 얼큰한 보르
시 냄새가 풍겨왔다. 이제 저 주방은 더 이상 우리의
것이 아니다. 나는 이 집의 안주인 자리를 루다에게 내
준 지 오래였다. 가전의 위치가 바뀌었고 뭐 하나 찾으
려면 서랍을 다 열어야 한다.

　나는 침대에 누워있다가 화장실을 들락거리다 지쳐
식탁 의자에 앉았다. 비싸는 변을 보려 하는지 킁킁 냄
새를 맡으며 돌아다녔다. 온종일 엎드려만 있던 개는
어디 가고 요즘엔 관절이 걱정될 만큼 미친 듯이 뛰어
다닌다. 비카가 주인이 자리를 비운 방석에 올라가 앉
았다. 전에도 비싸의 개 유모차에 타겠다고 울고불고
법석을 부린 적이 있었다. 그때도 비카와 비싸는 신경
전을 벌였다. 비카는 마치 제 자리인 양 마약 방석에
드러누웠다. 나는 속으로 얘야, 거기 털투성이야, 내려
오라고 말한다. 소리 내어 말하기엔 기운이 없고 우크
라이나어도 모른다. 자신의 자리를 뺏긴 비싸가 어느
새 돌아와 으르렁거렸다. 나는 루다에게 말하기 위해

고개를 돌렸는데 갑자기 뒤에서 멍! 크게 짖는 소리와 함께 비카의 비명에 가까운 울음소리가 들렸다.

비싸가 비카의 팔을 문 것이다. 이를 본 빅토르는 벌떡 일어나 비싸를 걷어찼고 남편은 반사적으로 빅토르의 멱살을 잡았는데 그때 텔레비전에서 환호성이 터졌다. 어느 팀에서 골을 넣었는지 멱살을 잡은 쪽도 잡힌 쪽도 화면으로 시선을 돌렸다. 그런 데다가 루다는 울음소리를 듣고 국자 든 손으로 비카에게 달려가다 식탁 의자에 다리가 걸려 넘어졌고 그 와중에 아나톨리는 소파 위에 올라가 비싸를 향해 다다다다 총을 난사했다. 나는 구석에 처박혀 깽깽 소리도 못 내고 숨이 넘어가고 있는 나의 개를 향해 가다 다시 구역질이 올라와 입을 손으로 막았는데 그 순간, 초인종이 울렸다. 나는 벽면에 걸린 모니터로 가서 안내 버튼을 눌렀다. 방문자의 얼굴이 떠올랐다.

"잠깐! 조용!"

내 외침에 모두가 입을 다물었다. 울던 비카까지 뚝, 울음을 그쳤다.

"조사관이야."

"일요일에?"

난장판 속에서 모두 눈을 마주쳤다.

"불시 방문인가 봐."

배우들은 모두 신속히 자기 자리로 돌아갔다. 남편들은 서로의 멱살을 놓았고 루다는 비카를 안아 들었으며 뛰어다니던 아나톨리는 말을 안 듣다가 제 아빠에게 머리를 한 대 얻어맞고 울음을 터뜨렸다. 그러자 비카도 멈췄던 울음을 더 크게 터뜨렸고 비싸도 이에 질세라 자기도 좀 봐달라며 하울링을 했다. 텔레비전에서는 승부차기가 시작되며 어느 나라 국가인지 알 수 없는 응원가가 울렸다. 이 와중에 문은 열렸고 조사관이 들어왔다.

"근처에 볼일이 있어서⋯⋯"

조사관의 목소리는 곧 난장판 속에 묻혔다. 그는 내게 봉투 하나를 내밀었는데 빈손으로 오기 뭐 했는지 도넛이 들어 있었다. 재래시장에서 막 튀긴 듯한 따뜻한 도넛에서 오래된 기름 냄새가 났다. 냄새는 곧 콧속으로 들어가 내 비위를 툭, 건드리고 말았다. 그러고는 참고 자시고 할 새도 없이,

"웁!"

나는 결국 조사관의 바지에 토하고 말았다. 모두가

조사관의 바지로 시선을 모았다. 시큼한 냄새가 올라왔다. 조사관도 토사물에 젖은 자신의 다리를 내려다보았다. 그리고 나를 향해 아니, 우리를 향해 말했다.

"이렇게까지 해야 합니까?"

그건 내가 하고 싶은 말이었다. 정말 이렇게까지 해야 하나.

"마더메이킹?"

"엄마들을 위한 거야. 이걸 맞으면 힘과 인내심이 강해지고

아이를 물심양면으로 챙기게 되면서,

헌신과 희생을 하기 쉽게 해주는 거지."

"마더메이킹이 아니라 메이드메이킹 같은데?"

마더메이킹

"뭘 만들라고요?"

존은 자신이 잘못 들었다고 생각했는지 되물었다. 밥은 킴의 짓궂은 표정을 보며 그녀가 재밌어하고 있다는 것을 알았다. 인생을 게임하듯 사는 사람이었다. 바로 그런 삶의 태도가 자신의 상상력에 제약을 걸지 않는다고 킴은 믿었다.

"모성 호르몬이라, 흥미롭지 않나? 각자 레시피를 짜보도록."

구미가 당긴다는 듯 양 손바닥을 마주 비비며 킴이 말했다. 이렇게 경쟁 구도를 만들고 지켜보는 것도 그녀가 잘하는 것 중 하나였다. 원래는 리까지 세 명이었지만 지금은 회사의 에이스로 밥과 존, 두 명이 남았다. 그들은 서로 경쟁하듯 감정호르몬제를 만들어냈다. 각자 성향이 달랐기에 지켜보는 킴으로서는 매우 즐거운 일이었다. 이를테면 밥이 '성취감'을 만들었을 때 존은 '위로의 감정'을 만들었고, 밥이 '모욕감'을 만들었을 때는 보란 듯이 '자존감'을 만들었다.

"의뢰인이 누구죠?"

밥이 물었다.

"우리가 언제 의뢰인 알고 일했나?"

킴이 한쪽 눈썹을 올리며 대꾸했다. 사인펜으로 그린 듯한 가는 눈썹이 독립된 개체처럼 혼자 위로 올라갔다 내려왔다.

"그래도 사전 정보가 있으면 상상하는 데 도움이 되겠죠."

존도 궁금했던지 한마디 보탰다.

"그냥 애국한다고 생각해."

킴은 밥과 존의 질문을 일축하고 커피로 손을 뻗었다. 주문을 받는 자는 회사 대표인 킴이었고 밥과 존은 그 아래에서 묵묵히 만드는 자들이었다. 성취감 호르몬제는 한 기업에서 매너리즘에 빠진 직원들의 업무 향상을 위해 의뢰했던 프로젝트였다. 이직률은 낮추고 성과는 올리기 위해 사기가 떨어진 직원들을 대상으로 접종했다. 성과는 좋았다. 그 기업의 작년 대비 영업이익이 증가한 것은 전적으로 감정호르몬제 도입 때문이라고 킴은 말했다. 밥은 어깨가 으쓱했다. 그런데 이번엔 모성이라니. 지금껏 만들어 온 감정과는 달리 난해하고 복잡하게 느껴졌다.

"여기서 말하는 모성이란, 여성만의 소유물이 아니야. 새끼처럼 연약한 것을 연민하고 보호하려는 헌신과 인내야. 인류 공통의 감정이지."

킴의 부연 설명을 들으며 밥은 문득, 어린 시절 키웠던 개를 떠올렸다. 새끼 때부터 자신의 침대에서 같이 재울 정도로 애지중지했던 개였다. 결국 차에 치여 죽었지만. 그 개를 잃었을 때 난생처음 오열했던 것을 떠올리며 그게 모성이었을까, 잠시 생각에 잠겼다.

"하지만 실제로 이걸 주입하게 될 대상은 여자들이지."

"모성을 말입니까?"

존이 물었다.

"그렇다네."

킴은 대답 끝에 검지로 왼쪽 뺨을 긁더니 잠시 후 덧붙였다.

"너무 관념적으로 생각할 거 없어. 상상해 봐. 이 감정호르몬제를 맞게 되면 말이야. 자신의 아이를 끔찍하게 위하면서 어떤 희생이라도 치를 수 있는 헌신이 준비 태세에 있고 인내심이 강철처럼 강해지며 아이를 물심양면으로 보호하고 키우게끔 양육자들, 그러니까 여자들을 조종하게 되지. 어떤가, 레시피가 머릿속에 막 떠오르나?"

킴은 이런 순간 가슴이 뜨거워진다고 했다. 여러 동식물의 이미지가 머릿속에 엉키며 레시피 코드들이 저절로 떠오르는 순간, 황홀감에 젖는다고.

'가슴은 뜨겁게, 머리는 차갑게'

킴의 연구실 현판에는 정말 이렇게 쓰여 있다. 밥은 그 문구를 볼 때마다 웃긴다고 생각했다.

"왜 여자들만 맞죠?"

뜨거워진 킴에게 존이 찬물을 끼얹듯 물었다.

"뭐?"

"양육자가 남자가 될 수도 있는 거잖아요."

"애를 낳는 건 아직, 여자들의 몫이지. 안 그런가, 수석 연구원?"

킴이 고개를 살짝 들어 존을 바라보며 말했다.

"낳는 거랑 키우는 건 다른 거죠."

그냥 거기까지 하지. 밥은 존의 옆모습을 바라보며 속으로 말을 삼켰다.

"이건 어디까지나 의뢰인의 주문이야. '여성을 대상으로 한 모성 호르몬제' 생산."

킴이 이제 좀 피곤하다는 뉘앙스를 풍기며 말을 줄였다. 그만 나가보라는 의미였다. 밥이 엉덩이를 뗀 반면 존은 팔짱을 꼈다.

"모성은 원래 엄마라면 있는 건데 그걸 왜 굳이 주입해야 하죠?"

밥은 존이 질문하는 통에 다시 엉덩이를 의자에 붙였다. 눈치 없는 존이 얄미웠지만 실은 밥도 같은 생각이었다. 모성이 없는 엄마도 있나.

"그렇게 생각해? 엄마가 되면 모성이 저절로 나온다고?"

킴이 턱을 괴며 말했다.

"자네는 어때? 리도 그런 거 같아?"

킴의 시선이 밥을 향했다. 아직도 경멸이 살짝 섞인 차가운 눈빛이었다. 밥은 시선을 피했다. 리가 화제로 오르면 분위기가 불편해졌기 때문에 리에 관한 이야기는 되도록 하지 않았다. 암묵적으로 그랬다. 세 사람뿐 아니라 회사에서, 리는 어느 날 홀연히 사라진 존재가 되었다.

"모성이 뭔지는 나도 몰라. 하지만 출산 시 도파민과 옥시토신 그리고 젖 분비를 촉진하는 프로락틴이 나온다는 건 알지. 그건 생물이라면 다 그래."

킴은 혼자 살며 스스로를 자웅동체라고 말했다. 양성애자도 아닌 자웅동체라니. 비혼주의 독신주의 젠더 어쩌고 이런 거 나는 모르겠고 난 그냥 나야,라고 앞에서 그녀는 멋지게 말했지만 실은 돈과 결혼한 거라고 직원들은 뒤에서 수군댔다. 정말 돈을 잘 벌었기 때문이다. 과학자가 사업까지 잘하기는 쉽지 않은 법인데 킴은 둘 다 잘했다.

"개와 인간의 생애 주기가 몇 배지?"

킴이 존을 향해 물었다.

"열 배에서 열다섯 배 정도죠."

선생님께 야단맞는 학생처럼 존이 마지못해 대답했다. 한편 밥은 혼나는 것을 구경하는 옆자리 아이 같은 의기양양함과 자신에게 불똥이 튈까 싶은 조마조마한 마음으로 이를 지켜보았다. 킴의 목소리에 이미 짜증이 배어있었기 때문이다.

"2년이 지나면 개는 20대 중반에서 서른이 되지. 이미 성견이야. 그런데 인간은? 아직 똥오줌도 못 가리지. 그런데 호르몬은 얼마나 지속되지? 도파민 6개월, 옥시토신 6개월, 프로락틴 1년. 다른 동물들은 가능해. 하지만 인간은 자체 호르몬만으론 생애 주기를 따라잡을 수 없어."

"여전히 인간을 화학반응에 작동하는 프로그램으로만 보시는군요."

존이 씁쓸하게 웃으며 말했다. 저 시니컬한 표정은 본인은 아는지 모르겠지만 상대가 무시당하고 있다는 느낌을 준다. 그리고 킴도 방금 그걸 느낀 듯했다.

"너, 이 자식! 어디서 잘난 척이야? 응? 아주 주둥이를 찢어버릴까 보다."

또 시작인가. 킴의 입에서 '이 자식'이라는 단어와 '찢어버리겠다'라는 말이 나오기 시작하면 3분 안에 이 자리를 벗어나야 한다는 건 회사 직원 모두가 아는 사실이었다. 킴의 인내와 교양이 한계에 다다랐다는 신호니까. 누구보다 잘 아는 존은 그런데도 그냥 버텼다. 그러다 정말 찢어발겨졌다. 주로 얼굴이, 매번 마음이. 그런 존을 밥은 이해할 수 없었다. 정말 마조히스트가 맞는 거 같았다.

"인간에게서 화학반응을 빼면 뭐가 남아? 응?"

킴이 손톱을 슬슬 드러내며 말했다. 존을 잡고 튀어야 할지, 킴을 말려야 할지 눈치를 보다가 나는 왜 이들 사이에서 항상 이런 존재여야 하는지 밥은 한숨이 나왔다.

존은 어릴 때 이민을 간 교포였다. 한국어를 완벽하게 구사하지만 어딘지 모르게 이국적인 분위기를 형성하는 이유는 그가 한국적 마인드를 이해하지 못하기 때문이었다. 그래서 전형적인 한국인 오너, 킴과 자주 부딪쳤다. 성취감 호르몬제 때도 같은 상황이었다. 호르몬제를 의뢰했던 기업에서 좋은 성과가 나오자 킴은 본인의 회사에도 적용하고 싶어 했다. 직원들에게 성취감을 의무적으로 접종하라고 했을 때 가장 반발했던 사람도 바로 존이었다.

이직률이 늘어나고 능률이 떨어진다면 왜 그런지 이유를 먼저 생각해 봐야하는 게 상식 아니냐고 존은 말했다. 출퇴근 시간을 지키고 야근 수당을 제대로 지급하고 직장 내 어린이집을 만들어서 안심하고 일할 수 있게 하고 참, 구내식당 퀄리티도 높이고. 그럼 될

걸 우리가 왜 호르몬제를 맞아야 하느냐고, 겁도 없이 천연덕스럽게 눈을 동그랗게 뜨고 무구한 눈빛으로 킴에게 말했다. 그때도 밥은 맞는 말만 골라하는 그가 얄미웠다. 하지만 그때, 킴은 뭐라고 했나.

저녁이 있는 삶에 관한 이야기라면 넌 그냥 내일부터 집에서 아침 점심 저녁이 있는 삶을 사세요. 여긴 내 회사니까. 너야말로 그런 회사로 이직하든지.

킴이 손톱을 드러내자 존은 자리에서 벌떡 일어나 문을 박차고 나갔다. 그런 존의 뒷모습을 보며 킴이 들으라는 듯 큰 소리로 말했다.

혼자 똑똑한 척은! 그걸 누가 모르냐? 응? 몰라?

본인도 아는지 모르겠지만 직원들은 킴을 '킹'이라고 불렀다. '여긴 내 회사니까'라는 말을 입버릇처럼 했기 때문이다. 문을 박차고 나갔던 존은 다음 날 기죽은 모습으로 출근했다. 찾아봤지만 이 나라엔 그런 회사가 없다는 걸 깨달은 모양이었다. 그 후 한동안 두문불출하던 그가 새로운 호르몬제를 하나 만들어 나타났는데 그게 바로 '죄책감'이었다. 자기 잘못을 인정하지 않는 뻔뻔한 인간들에게 투여하면 우울증과 자괴감으로 고통을 줄 수 있는 감정이었다.

소시오패스나 사이코패스로 진단된 흉악범들에게 실험한 결과 효과가 있었다. 이 호르몬 또한 시장성이 입증되자 킴은 나가라고 할 땐 언제고 정말 나갈까 봐 성과급을 지급하고 휴가를 주는 등 존을 다시 예뻐하기 시작했다. 성취감 호르몬제 의무접종도 없던 일이 되었다. 그런데 또 시작이다. 킴에게 깨지고 나온 존은 문밖에서 씩씩대며 말했다.

"한국 정말 이상해. 이상한 나라야."

저런 말을 할 때마다 밥은 존에게 경멸의 감정을 느꼈다. 한국에서 태어나 한국인 부모를 두고 한국 여자와 사귀고 있으면서, 누구보다 더 한국인처럼 생겼으면서. 여기서 이상한 사람은 바로 본인이라는 것을 모르는 것 같았다.

밥은 아이 옆에서 지쳐 잠든 아내를 가만 바라보았다. 결혼을 하고 아이가 계획에 없었던 것은 아니다. 그 계획이 막연하고 관념적인 것에 반해 실제 임신 출산 육아는 너무나도 현실적이어서 새로운 게 닥칠 때마다 매번 화들짝 놀라야 했다. 그렇게 임신 기간 내내 우울하던 아내는 출산 후 상황이 더 안 좋아졌다. 아이를 낳고 석 달 후 다시 출근했지만 전처럼 일 중독자로 살 수 없다는 것을 한 달 만에 깨달았다. 하나를 취하면 하나는 버려야하는 본인의 성격을 누구보다 더 잘 알았다.

영아의 보호자는 24시간 내내 경계 태세에 있어야 하는 존재다. 일정한 수면과 영양을 제시간에 공급받지 못하면 인체는 내분비에 교란이 온다. 호르몬이 제대로 작동하지 못하면 만성 우울증과 대사 증후군에 걸리게 된다. 아내는 출산 후 머리카락이 속수무책으로 빠지고 부기는 빠지기도 전에 살이 되어버리고 늘어난 뱃가죽을 반으로 나누는 거뭇한 임신선과 튼살의 흔적들을 보며 절망했다. 그중 가장 괴로워한 것은 바로 '모성'이라 불리는 감정이었다.

"난 모성이 없는 거 같아."

어느 날 아내가 고해성사하듯 말했다.

"아기가 안 예쁜 건 아니지만 솔직히 버거운 적이 더 많고 축복이라 느끼지만 짐이라고 생각한 적이 더 많아. 이거, 정상 아니지? 엄마라면, 모성이 있다면 애가 예뻐 죽고 본능적으로 피가 막 땡기고 그래야하는 거잖아. 그치?"

아내는 밥에게 물었다. 동의를 구하는 간절한 눈빛이었다. 솔직히 밥도 아기가 예쁘긴 하지만 귀찮은 적이 더 많다는 점에서는 동의했지만 입 밖으로 내지는 않았다. 밥이 생각하는 모성의 이미지는 그런 게 아니었으니까. 아내는 밥에게서 공감도 위안도 얻지 못하자 죄를 사한다는 말을 듣지 못한 신자의 어두운 얼굴이 되어 자리에서 일어났다.

언젠가 존은 이런 말을 한 적이 있다. 자신이 호르몬제를 디자인할 때 가장 중점으로 두는 것은 그걸 사용하게 될 사람이 아닌, 사용했으면 하는 사람이라고. 그 호르몬제를 주입하고 싶은 사람을 떠올리면 성분들이 머릿속에 1열 종대로 저절로 모인다고. 얼마 전 그가 만든 '죄책감'을 상기하자 밥은 고개가 절로 끄덕여졌다.

"언제 왔어?"

아내가 끙, 일어나며 말했다. 출산을 한 후 아내는 몸을 일으킬 때마다 '끙' 소리를 냈다.

"막 들어왔어."

밥은 식탁 위 잔해들을 눈으로 훑으며 오늘 아내가 섭취한 것들을 추측했다. 크래커, 커피우유, 캐러멜, 컵라면. 도움의 손길을 구할 수 없는 상황에서 아내의 완벽주의적 성격은 오히려 화를 불러왔다.

"이건 재앙이야."

소파에 앉아 왼쪽 가슴을 드러낸 아내가 말했다. 하얗게 부푼 젖가슴이 유축기의 압력에 따라 무기력하게 움직였다. 곧 오른쪽 가슴의 유두에서도 젖이 흘러 티셔츠를 서서히 적셨다. 의지와 상관없이 자극에 의해 반응하는 자신의 신체 일부를 아내는 무심하게 바라보았다.

"특보 수준이야."

아내는 현시점 부로 자신의 삶에 재앙특보를 발동시키겠다고 말했다. 아내는 어릴 적 화상을 입은 적이 있다. 펄펄 끓는 주전자가 엎어지면서 물이 발등에 쏟아졌다. 유년의 기억은 늘 병원에서 시작해 병원으로 끝났다. 지금도 얽은 상처가 남아서 아내는 한여름에도 샌들을 신지 않았다. 아내가 입버릇처럼 말하던 그 사건이 재앙경보였는데 지금이 특보라니. 밥은 현재 상황이 얼마나 심각한지 체감했다. 문득, 김의 말이 떠올랐다.

애국한다고 생각해.

매국할 생각은 없지만 그렇다고 애국하려는 것도

아니었는데. 다만 부모가 되고자 했을 뿐인데, 이건 좀 곤란한 상황이라고 생각했다. 주위를 둘러보면 출산율은 입동이 지난 나뭇잎처럼 떨어지고 있었다. 정부는 여러 정책을 내놨으나 큰 호응을 얻진 못했다. 급기야는 전국 가임기 분포도에 이어 난소 나이 분포도를 만들어 발표했다. 이제 1년에 한 번씩 난소 나이를 검사하는 것은 의무가 되었고 매년 검사를 갱신하지 않으면 벌금을 물었다. 자동차 정비검사보다도 더 자주 돌아왔다. 일부 여자들은 폐경이 되길 손꼽아 기다렸다.

아내는 유축기에 가슴을 맡기고 허공에 시선을 두었다. 초점 없는 눈빛에선 예전의 생기를 찾아볼 수 없었다. 밥은 오른쪽 티셔츠의 물기가 점점 번져 아내의 가슴에 커다란 원을 그리는 것을 바라보았다. 그건 마치, 뻥 뚫린 구멍처럼 보였다.

밥은 레시피에 착수했다.

국제호르몬원료집(IHID:International Hormone Ingredient Dictionary)을 집었다. 손에 익은 묵직함이 느껴졌다. 감정호르몬제를 만들 때 가장 중요한 것은 상상력이다. 그 감정을 물리적으로 분석해서 최대한 근접한 호르몬들을 황금비율로 제조하는 것. 그게 관건이었다. 그러기 위해서는 기존 원료에 대한 해박한 이해는 필수였다. 새로운 원료를 찾아내 실험을 거쳐 그 효과가 입증되면 원료집에 등재됐다. 조감사로서 이는 매우 영광스러운 일이었다.

이 원료집 안에는 킴의 이름도 있다. 학문적으로 킴은 매우 훌륭한 스승이었다. 동식물의 호르몬 작동 원리를 누구보다도 잘 알았다. 박학한 지식과 자유로운 상상력이 결합했을 때 그가 보여주는 감정의 세계는 너무나도 광활하고 입체적이어서 밥은 질투로 가슴이 뜨거워지곤 했다. 그건 라이벌인 입사 동기 존도 동의하는 바였다. 하지만 오너로서 킴은 존의 표현을 빌리자면 '직업윤리'가 부족했다. 돈을 가져오는 의뢰인이라면 그가 원하는 무엇이든 만들어 주었으니까. 그때마다 존은 괴로워했다. 그런 존을 두고 킴은, '드리머'라고 불렀다.

내, 저 친구 딱 보는 순간 존 레논이 떠오르더라니까.

킴이 종종 하는 말이었다. 그래서 존이 된 거였군. 그럼 내 얼굴을 보고는 찬밥이 떠오른 걸까. 밥은 그때마다 자신의 이름에 의문을 품었다. 입사와 동시에 킴은 직원들에게 회사 내에서 불릴 이름을 지어주었다. 그 이름이 자신의 정체성이 된다. 그 외 다른 배경은 중요하지 않았다. 킴은 오로지 실력만으로 평가해서 줄을 세웠다. 뭐 그렇다고 신중하게 작명하는 것 같진 않았다. 얼굴을 보며 떠오르는 이미지나 본명에서 한 글자를 갖고 오는 정도였다. 그런데도 직원들은 모두 자신의 닉네임을 마음에 들어 했다. 이 바닥에선 전설인 킴이 내린 이름이니까.

한 달 후, 밥은 레시피를 완성했다. 그가 국제호르몬원료집에서 신중히 고른 항목은 다음과 같다.

TH2-H1205
DTH-F0406
OMH-C0313
MUH-EN0805
DIH-END0105
IC^2-Ja

이 코드를 언어로 번역하면 이렇다.

호랑이 사냥 호르몬 (주성분: 외로움, 결핍, 집념의 아드레날린)

지빠귀 첫 비행 호르몬 (주성분: 두려움과 설렘의 세로토닌)

산낙지 절단 호르몬 (주성분: 긴장과 도피의 노르에피네프린)

노새의 지구력 호르몬 (주성분: 초인적인 힘의 엔도르핀)

파리지옥의 인내심 호르몬 (주성분: 각성 촉진의 오렉신)

호랑가시나무의 자스몬산 (주성분: 방어기제 젖산)

여기에 옥시토신과 프로락틴을 살짝 가미하고 도파민 한 방울을 떨어뜨리면, 짜잔! 강력한 모성 호르몬제 완성이요.

밥은 팔짱을 끼고 레시피를 뚫어지게 쳐다보았다. 누군가 이 레시피를 본다면 로보캅이라도 만드는 줄 알겠지만 실제로 인간을 비롯한 여러 동물의 모성 호르몬을 분석해 보면 이 레시피와 크게 다르지 않았다. 외로움과 결핍, 두려움과 설렘, 긴장과 각성, 방어력과 초인적인 힘을 내포하고 있었다. 이토록 야만적이고도 파괴적인, 강력한 감정은 처음이었다. 밥은 묘한 전율이 척수를 타고 흐르는 것을 느꼈다.

존의 레시피가 궁금했다. 존도 자신처럼 이렇게 흥분하고 있을까. 존이 이 조합을 어떻게 해석했을지 알고 싶었지만 자존심상 대놓고 물어볼 수는 없었다. 밥은 딘에게 전화를 해서 저녁 약속을 잡았다. 딘은 원재료 관리 부서에 근무하는 후배였다.

간단히 저녁을 겸한 맥주를 마시며 딘은 존이 요청한 원재료 리스트를 살짝 귀띔했다. 그중 밥이 파안대소한 항목은 EPA-END0412였다. 그건 동상 걸린 황제펭귄에게서 추출한 인내심 호르몬이었다. 같은 인내심이라 해도 그 성분이 미묘하게 달랐는데 파리지옥의 인내심에는 각성이라는 베이스 외에는 특별한 화학성분이 잡히지 않는다. 하지만 황제펭귄의 것에는 각성베이스 외에 다른 것이 존재했다. 매우 희미하게 미량인 탓에 그런 성분들을 고스트 팩터(Ghost Factor)라 불렀다. 너무 미세한 성분이라 결과값에 영향을 줄 때도 있고 주지 않을 때도 있기 때문이다. 냉철한 과학의 세계에서 있을 수 없는 일이다. 밥은 그런 우연성을 용납하지 않았다. 자신이 선택한 원재료의 정확한 용량 외에 그 어느 것도 첨가되어서는 안 됐다. 밥과 존의 결정적인 차이가 바로 여기에 있었다. 그 인내심 호르몬의 고스트를 알고 있었기에 밥은 딘과 잔을 부딪치며 다시 한번 웃지 않을 수가 없었다. 동상 걸린 황제펭귄이라니 맙소사. 국제호르몬원료표에 의하면 그 고스트의 이름은 다음과 같다.

HOPE

밥은 존의 그런 낭만성을 경멸했다. 마조히스트 주제에. 얼마 전 결혼을 전제로 오랜 기간 만났던 연인과 헤어진 후 존은 지옥의 나날을 보내고 있었다. 이 회사의 누구도 서로의 본명을 몰랐지만 사생활은 이상하게도 잘 알게 되는데 그건 호르몬 때문이었다. 그날의 컨디션에 따라 자신에게 호르몬을 투약하기 때문에 어제 무슨 일이 있었는지, 요즘 어떤 상태인지 자연스럽게 알게 된다. 그건 마치 오늘 아침엔 투샷 블랙커피를 마실지 허브티를 마실지 비타민 음료를 마실지 결정하는 것과 같았다.

존이 최근 실연했다는 건 가벼운 호르몬제조차 투약하지 않는 것을 보고 알았다. 호르몬 치료를 받으면 도움이 될 텐데 그 흔한 도파민 한 번 맞지 않고 독하게 버티고 있었다. 그런 고행길을 걷는 것을 보고 밥은 존에게 물었다.

"혹시 고통이라는 감정을 즐기는 거야?"

그러자 존은 밥에게 희미한 미소를 지으며 말했다.

"가장 부작용 없는 약은 시간이야. 리는 알 텐데……"

존의 말에 밥은 분노의 감정을 느꼈다. 알지, 잘 알지. 시간에는 비용이 드니까. 시간처럼 비싼 건 없으니까 이깟 호르몬 칵테일로 다들 대체하고 있는 거 아닌가.

애초에 성형이 의료용이었던 것처럼 호르몬도 치료제였다. 실연의 상처를 좀 더 빨리 낫게 해주는, 자존감을 좀 더 빨리 올려주는, 매너리즘을 좀 더 빨리 벗어버리는 용도로 처방했다. 하지만 시간을 아낀다는 것과 감정의 소모가 적다는 점이 부각되면서 비용을 아끼는 길로 들어서기 시작했다.

덩달아 감정을 화학적으로 만드는 직업인 조감사도 선호직업이 되었다. 향기에는 저작권이 없지만 감정에는 있었기 때문이다. 자신이 만든 화학 감정이 상용화되면 수입이 지속적으로 들어왔다. 같은 감정이라도 하늘 아래 같은 레시피는 없었다. 대기업들이 호르몬제 사업에 뛰어들기 시작하면서 시장은 커졌고 경쟁하듯 감정들이 쏟아져 나왔다.

바야흐로 호르가즘의 시대였다. 이제는 비타민 음

료나 자양강장제를 판매하듯 가벼운 호르몬제는 편의점에서도 살 수 있다. 콘돔 옆에는 옥시토신 비강 스프레이가 있었고 고카페인 각성 음료 옆에서 세로토닌이 함유된 푸딩을 팔았다. 수면유도제인 멜라토닌 사탕과 졸음을 방지하는 오렉신 껌이 나란히 진열됐다.

물론 존의 말도 맞았다. 부작용은 늘 존재했다. 이런저런 호르몬에 노출된 인체는 내전의 잠재적 위험을 안고 있는 위태로운 땅과 같다. 독감 바이러스가 몸에 들어와 면역과 싸우다 나가는 것은 정상적인 일이다. 하지만 내분비의 균형이 깨지고 신체의 항상성이 무너지는 것, 그건 비정상적인 일이다. 균형을 찾기까지 시간이 오래 걸리고 그 안에 어딘가 하나 꼭 고장이 나기 때문이다. 하지만 감정호르몬제의 신속함과 편리함에 한 번 빠져들면 끊기가 쉽지 않았다.

긴 이별의 과정을 선택하고 묵묵히 걸어가는 존. 그런 존의 굽은 등을 보며 밥은 혐오의 감정을 느꼈다. 저런 놈이 조감사라니. 심지어 히트 제조기였다. 그가 만든 호르몬제에는 작품이라는 말이 붙었고 팬층도 두터웠다. 줄 세우기를 좋아하는 킴은 실적을 통해 연봉을 정하고 넘버를 매겼다. 리가 회사에 있었을 당시 존과 밥 세 사람은 앞서거니 뒤서거니 넘버원, 투, 쓰리를 번갈아 했다. 킴의 천박하지만 적나라한 방식은 그녀의 의도에 적중했다. 등수를 공개 당한 전교 1, 2, 3등의 심정이 되어 세 사람은 실적을 악착같이 낼 수밖에 없었다. 넘버원을 차지하기 위해. 그런 수고가 있음에도 넘버원의 자리는 고정적으로 리에게 돌아갔다. 그 뒤의 넘버투와 쓰리를 존과 밥이 번갈아가며 할 뿐. 밥은 존이 일부러 리를 언급했다고 생각했다. 자신의 자격지심을 건드리기 위해서.

다시 한 달이 지나 밥은 모성 호르몬제 베타버전을 완성했다. 빠른 효과를 위해 알약이 아닌 펜슬주사기로 제형을 바꿨다. 이름하여 '모성주사'. 그러자 작명 센스 좀 보라며 성형외과 가서 연구 좀 하고 오라고 동료들이 타박했다. 밥은 성형외과의 산실이자 메카라 하는 압구정동을 한 바퀴 돌고 오려고 길을 나서다가 문득, 내가 왜?라는 의문이 들었다. 밥은 집으로 발걸음을 돌렸다. 그쪽 전문가를 깜박 잊고 있었던 것이다.

"웬일이야? 이렇게 일찍?"

밥의 이른 퇴근에 아내가 의아해하며 물었다.

"요즘 유행하는 주사가 뭐지?"

"왜? 이름 짓는 거야?"

아내가 척 알아챘다.

"요즘 샤넬주사가 유행이야. 탬버린윤곽주사라는 것도 있고."

"으흠?"

"슬림코주사도 있고 한물갔지만 물광주사도 있고 요즘 애들이 한다는 개강여신주사라는 것도 있대. 동안주사, 신데렐라주사……"

아내의 입에서 끝도 없이 주사가 쏟아져 나왔다. 빨간주사, 파란주사, 찢어진주사는 아니고 광채주사, 백옥주사, 내천주사, 팔자주사, 비욘세주사, 마늘주사, 태반주사, 뭐랑 뭐랑 섞었다는 칵테일주사.

밥은 아내의 얼굴을 가만 바라보았다. 인생의 재앙 특보를 지나고 있는 아내는 일 중독자였을 때가 더 행복했을지 모른다는 생각이 들었다. 퇴근 후 현관문을 열자마자 아내는 성인과의 지적인 대화가 너무 고팠다며 밥에게 밑도 끝도 없이 말 폭탄을 쏟아부었다.

"당신, 새 직업이 어때? 적성에 맞아?"

"새 직업?"

아내는 쪼그리고 앉아 아이가 바닥에 잔뜩 흘려 놓은 음식물의 잔해를 물티슈로 닦다 말고 밥을 올려다보았다.

"엄마 말이야."

"이런 3D 직업이 적성에 맞는 사람도 있어? 경력을 인정받는 것도 아니고 24시간 근무지만 야근 수당은커녕 연봉협상조차 할 수 없는 직업이?"

부드러운 아내의 말투에 밥은 오히려 할 말을 잃었다. 킴의 말이 맞았던 걸까. 체내 도파민과 옥시토신이 사라져가는 시기. 건넛방에서 잠이 깬 아이의 우는 소리가 들렸다. 배가 고프거나 기저귀가 젖었거나 어쨌든 아이는 보호자를 호출하고 있었다. 아내가 벌떡 일어나 아이에게 달려갔다. 아이는 생후 6개월을 지나고 있었다.

"마더메이킹이라, 이름 좋네."

킴은 만족스러운 표정으로 밥을 보았다. 밥은 얼굴을 살짝 붉히며 겸손하게 국을 한술 떴다. 마더메이킹은 베타버전 테스트가 끝나고 안정화를 위한 임상시험을 앞두고 있었다. 킴은 밥과 존을 불러 함께 저녁을 하자고 했다. 역시나 구내식당이었다.

"6개월? 너무 긴 거 아닌가?"

킴이 날카롭게 말했다.

"초기엔 인체 적응 기간이 필요합니다."

밥이 입을 떼기도 전에 존이 선수를 쳐서 대답했다.

"에센스를 농축하면 3개월까지도 가능합니다."

밥이 존을 째려보며 대답했다.

"위험합니다. 부작용이 따를 겁니다."

밥의 말이 끝나자마자 존이 기다렸다는 듯 말을 이었다. 저 자식이…… 밥이 존에게 한마디 하려는 찰나, 킴이 말을 이었다.

"죽음까지 데려가는 바이러스들을 현미경으로 본 적이 있나?"

은밀한 이야기를 하듯 그녀는 몸을 앞으로 기울였다.

"역설적이게도 매우 아름답지. 위험한 것들은 원래 그렇게 매혹적인 법이거든."

킴이 킬킬킬 웃으며 말했다. 킴의 입안에서 밥알이 튀어 맞은편에 앉은 밥의 밥그릇으로 날아왔다. 밥은 그 밥알을 보며 생각했다. 저럴 때 보면 킴은 영락없는 정신병자 같다고. 원료를 위해서라면 지옥불까지도 마다하지 않고 찾아갈 사람이라고. 그 욕망이 돈 때문인지 진리에 대한 갈망 때문인지는 중요하지 않았다. 단지, 그의 그런 열정이, 재능이 밥은 미치게 부러웠다. 킴은 자신이 만든 감정호르몬제를 자신에게 임상시험했다. 그래서 미쳤다는 소문이 있을 정도였다. 실제로 그녀의 외모는 그로테스크한 면이 있었다. 남성적인건 아니었지만 그렇다고 여성적이라고도 할 수 없었다. 어쩌면 정말 자웅동체일지도 모르지. 그런 그녀의 기괴함조차 밥의 눈엔 특별해 보였다.

"옛날 옛적에 남편과 세상에 복수하기 위해 자기 애를 죽인 비정한 모성이 있었어. 메데이아라고, 아주 무시무시한 여자였지. 그런데 세상을 봐. 달라진 게 하나도 없잖아."

킴이 혀를 끌끌 차며 시뻘건 제육볶음을 집었다. 뉴스에선 우는 아이를 아파트 13층에서 던지는 엄마, 생후 4개월 아기를 굶겨 죽이는 엄마, 모텔에서 낳아 쇼핑백에 버리는 엄마에 관한 기사를 연달아 내보내고 있었다. 밥은 문득 아내의 공허한 눈빛을 떠올렸다.

연구실로 돌아온 밥은 책상에 앉아 서류를 검토했다. 마더메이킹 임상시험을 위한 실험체들 리스트였다. 가난한 인체들은 매혈하듯 돈을 받고 자신의 내분비를 내놓았다. 하지만 이건 특수한 호르몬이었다. 특수한 실험체가 필요했다. 출산한 지 얼마 지나지 않은, 막 엄마가 된 여성 말이다. 밥은 습관처럼 아랫입술을 깨물었다. 그때, 휴대전화의 문자 알림음이 들렸다.

'오늘 수유 끊은 기념으로 치맥 할 거야'

아내였다. 오늘 아침, 6개월 이상은 못 하겠다며 모유 생산 중단을 선언했다. 밥은 휴대전화에 입력된 아내의 이름을 한동안 바라보았다. 박미리.

'치맥 할 거라고'

리가 말했다.

'지금 포장해 갈게'

답신을 보낸 후 밥은 테스트버전 마더메이킹 펜슬을 가방에 하나 챙겨 넣었다.

오랜만에 알코올을 섭취한 리는 맥주 한 잔에 얼굴이 발그레해졌다. 한때, 리는 술도 일도 호르몬도 중독적으로 많이 했던 시절이 있다. 모두 임신 전의 일들이다. 지금은 육아를 많이 하고 있다. 남편이 자신을 돕고 싶어 한다는 것을 리는 알고 있었다. 하지만 늘 방식에서 의견이 갈렸다. 밥이 가방에서 뭔가를 꺼냈다.

"이거 한 번 맞아 봐."

밥이 식탁에 주사기를 올려놓으며 말했다.

"오! 호르몬! 그립고 그리웠던 악마의 약물이네. 뭐야? 신상이야?"

리는 양념치킨 소스가 묻은 손가락을 재빨리 입으로 쭉 빨고는 주사기를 집었다.

"주사기 디자인도 잘 빠졌네. 요즘은 이렇게 나오는구나. 이름이 뭐야?"

신제품 딜도를 구경하듯 주사기를 요리조리 들어 관찰하는 리의 눈빛이 욕망으로 인해 진지해졌다. 임신 이후 수유기간까지 리는 모든 호르몬제를 일체 중단했다.

"마더메이킹."

"마더메이킹?"

리가 미간에 주름을 만들며 되묻자 밥은 서둘러 설명을 이어나갔다.

"엄마들을 위한 거야. 이걸 맞으면 힘과 인내심이 강해지고 아이를 물심양면으로 챙기게 되면서, 말하자면 헌신과 희생을 하기 쉽게 해주는 거지. 원래는 마더후드메이킹인데 킴이 너무 길다고 해서……"

"마더후드?"

리가 말을 잘랐다.

"당신, 모성이 없는 거 같다며 괴로워했잖아."

리는 팔짱을 끼고 밥을 노려보았다. 밥은 이해할 수 없다는 표정을 지었다. 그의 주특기였다. 결혼 전엔 그의 닉네임 '밥'이 블레미쉬 드보니크 감독의 예술영화 《마지막 질문은 당신의 것》에 나오는 주인공 BOB이라고 생각했다. 킴이 그렇다고 한 적도 없었는데 혼자 그렇게 생각했던 것이다. 낮고 깊은 음색이 닮았다고 느꼈다. 하지만 지금은? 저 표정, '이 밥통아!'라는 말이 절로 나오는 저 표정에서 온 것임을 의심치 않았다.

"이번에 정부에서 전수 조사를 했어. 출생신고가 되어 있는데 초등학교 입학식에 오지 않은 아이들을. 그랬더니 그 애들이 어떻게 되었게? 3분의 1은 실종. 3분의 1은 학대 및 방임. 나머지는 사망. 그런데 그 수가 생각보다 많았어. 생각해 봐. 출산율은 오르지 않는데 기존 애들조차 지키지 못한다면? 킴이 그러더군. 밑 빠진 독에 물 붓기라고."

"옳아, 그러니까 육아 머신을 만들겠다는 거군."

리가 이제 알겠다는 듯 고개를 끄덕이며 말했다.

"모성이 어디서 온다고 생각해? 자궁?"

다그치듯 묻는 리의 질문에 밥은 입을 열려다가 도로 다물었다. 적어도 아이를 낳는 일은 아직까진 여자들의 몫이라던 킴의 말을 떠올렸다.

"당신이 맞는 건 어때?"

밥을 향해 주사기를 밀어놓으며 리가 말했다.

"내가? 모성을?"

밥은 맥주잔을 떨어뜨릴 뻔했다.

"그거 맞으면 젖이 나와?"

"그건 아니지만……"

"하긴, 나오면 더 좋은 거 아닌가. 내 젖으론 부족하니까. 엄마 젖도 먹고 아빠 젖도 먹으면 좋겠네."

리가 진지한 표정으로 고개를 끄덕이며 말했다. 이게 아닌데,라는 낭패의 표정이 밥의 얼굴에 떠올랐다. 그를 보며 리가 피식 웃었다. 그러다 문득, 정색하며 물었다.

"혹시 그거 테스트버전이야?"

리가 눈을 치켜뜨고 있었다. 밥은 술이 확 깨는 걸 느꼈다. 리의 눈빛이 저렇게 날카롭게 빛나는 게 실로 오랜만이었기 때문이다. 그녀도 조감사이기에 호르몬제에 대한 거부감은 없으나 이쪽 세계의 메커니즘을 누구보다 더 잘 알고 있다는 게 문제라면 문제였다.

"그럴 리가. 상용 앞두고 있지."

"지금까지 그 프로젝트 얘기 한 번도 안 했잖아."

"이번 건 극비라서, 의뢰인도 모른다니까. 킴이 말을 해야 말이지."

"극비?"

리가 쓴웃음을 지었다. 순간, 밥은 자신이 그녀와의 사이에 보이지 않는 벽을 쳤다는 것을 아차, 하고 깨달았다. 리의 얼굴에 '밥통'이라는 표정이 스치고 지나갔다. 리와 밥이 사내 커플이 된 후 결혼 소식을 알렸을 때 킴이 보였던 반응은 꽤 냉소적이었다.

유기체와 유기체의 결합이로군. 어떤 화학반응이 나올지 궁금하지만 솔직히 기대는 안 되는걸. 어쨌든 축하하네.

축하는 받되 축복은 받지 못한 얼떨떨한 기분이었다. 출산 휴가를 끝내고 복귀했을 때 리는 자신이 일과 아이, 어느 하나에도 온전히 집중할 수 없다는 것을 깨달았다. 킴은 모성 때문이냐고 물었고 리는 성격 때문이라고 말했다. 사표를 제출했을 때 킴은 잡지 않았다. 그 후 밥과 리 두 사람은 의도적으로 회사의 이야기를 저녁 식탁에 화제로 올리지 않았다. 회사에서 리의 이야기를 암묵적으로 하지 않는 것과 같은 이유였다. 넘버원으로서 리의 존재는 그렇게 사라졌다.

상용화를 앞두고 있다고 한 말은 반만 사실이었다. 테스트를 거친 베타버전은 맞았지만 임상시험은 여성에게만 했지, 남성 실험군은 없었기 때문이다. 이 사실을 얘기하면 리가 보일 반응을 밥은 알았기 때문에 더 이상 언급하지 않았다. 리는 원칙주의자니까. 남자, 여자가 아닌 '사람'에게 테스트를 해야 한다고 말할 게 뻔했으니까. 리가 퇴사한 후 밥은 처음으로 넘버원이 되었다. '드리머'인 존은 본인이 꿈꾸는 세상을 위해 호르몬제를 만들 뿐이었다. 그게 잘 팔린다는 게 문제였지만.

넘버원이었던 일 중독자 리가 아내가 된 후 나는 행복한가, 밥은 생각했다. 회사에서 넘버원이 된 후 솔직히 밥은 예전보다 만족스러운 감정을 느꼈다. 성취감과 자존감 호르몬제를 맞지 않아도 자연스럽게 감정이 생기는 현재를 즐기고 있었다.

'재능'이라는 것이 만약 감정이었다면, 호르몬으로 대체 할 수 있는 것이었다면 밥은 죽을 때까지 그 원료를 찾아 헤맸을 것이다. 자신에게 없는 것을 리에게서 본 순간, 밥은 뭐라 딱히 표현하기 힘든 감정이 들었다. 훗날, 밥은 그 감정이 두 가지가 섞인 것이라는 것을 깨달았다. 질투와 상실감.

밥과 리는 맥주잔을 들어 건배했다. 서로의 눈동자를 바라보며. 쨍 소리가 날카롭게 귓가에 울렸다.

새벽녘, 밥은 화장실에 가기 위해 잠에서 깼다. 침대에서 일어나자 두통이 몰려왔다. 맥주에 이어 와인까지 마신 게 화근이었다. 과일주는 항상 뒤끝이 안 좋았다. 그나저나 리와 어디까지 얘기했더라, 밥은 변기에 앉아 기억을 더듬었다.

마더메이킹이 아니라 메이드메이킹 같은데.

맞아. 리가 이름에 대해 지적했지. 그 후에 내가 주사를 어디에 놔주었던가. 밥은 눈을 감았다. 1회용 주삿바늘의 포장을 뜯는 소리, 주사기의 다이얼을 최대치로 돌리는 소리, 티셔츠를 올리고 뱃살을 잡는 차가운 손길, 주삿바늘에 찔렸을 때의 따끔한 압통. 리의 씨익 웃는 얼굴. 밥은 눈을 번쩍 떴다. 티셔츠를 올려 배를 살피려는 순간이었다.

강렬한 통증이 온몸을 강타했다. 딱히 어디가 아픈 지는 모르겠지만 주먹이 절로 쥐어졌다. 밥은 마더메 이킹을 맞을 시 짧지만 강렬한 통증을 느낀다는 보고 를 받은 기억이 났다. 실제로 겪어보니 그것은 통증보 다는 충격에 가까웠다. 하, 그 짧은 순간의 충격을 뭐 라 표현할까. 고통과 환희, 비애와 격정, 적요와 소요, 야만과 영광. 세상에, 영광이라니. 아무튼, 조영술을 할 때 약물이 나의 내부 저 아래서부터 올라와 코끝을 스치고 나갈 때의 느낌처럼 매우 불편하고 불쾌한 경 험이었다.

당신이 먼저 맞아 봐. 그리고 모성이 뭔지 나한테 알 려줘.

리의 마지막 말이 떠오름과 동시에 아이의 울음소 리가 희미하게 들렸다. 밥은 벌떡 일어났다. 아니, 자 신의 다리가 벌떡 일어나서 달리고 있는 것을 보았다.

그 후 밥은 자신의 내부에서 일어나는 변화를 하나 하나 목격했다. 우선 일에 대한 욕망이 감소했다. 누구보다 일 욕심이 많았는데. 회사를 결근하는 날이 많아졌다. 각성 상태가 지속됐다. 밤이고 낮이고 아이 울음소리 환청에 시달렸다. 달려가 보면 아이는 쌔근쌔근 자고 있었다. 만약 밥이 마더메이킹의 디자이너가 아니었다면 자신의 삶이 어디로 흘러가는지 알지 못한 채 휩쓸렸을 것이다. 물론 안다고 해서 휩쓸리는 것 자체를 막을 수는 없었지만. 각성 안에 부유하며 밥은 생각했다.

내가 만들기는 잘 만들었군.

그는 자신이 생각하는 모성의 이미지를 스스로 구현하고 있었다. 시간이 지날수록 밥은 익숙해졌다. 아이를 품에 안고 어를 때면 행복해 보이기까지 했다. 이제 밥은 아이와 눈을 마주치며 웃고 표정만으로 요구 사항을 캐치하고 아이의 입맛에 맞는 음식을 해주기 위해 시중에 나와 있는 요리책들을 모조리 사들여 독파했다. 울고 보채고 징징대고 먹던 음식을 뱉어버리고 벽과 바닥 사방에 우유를 쏟고 크레파스로 낙서를 하며 아빠 머리끄덩이를 잡아 흔들고 코딱지를 파서 불시에 입안에 넣어버리고 손가락으로 눈알을 찔러도 이성의 끈을 놓기는커녕 미소를 지으며 대했다.

이 모습을 보고 리는 조금 무섭다고 생각했으나 그걸 깊이 생각할 여유는 없었다. 최근 중요한 프로젝트를 맡아 디자인 중이었기 때문이다. 밥은 아이와 함께 있길 원했다. 리가 마더메이킹 때문이냐고 물으니 솔직히 모르겠다고 답했다. 리는 더 이상 묻지 않았다. 밥의 퇴사로 인해 회사에서는 넘버원의 자리가 부재했고 그만큼 가계의 부채도 쌓였다. 대신, 밥의 치밀한 육아 덕분에 리는 다시금 일에 미칠 기회가 생겼다. 킴은 따뜻하진 않았지만 그렇다고 차갑다고도 할 수 없는 자신만의 온도로 리를 맞았다.

"언제 왔어?"

밥이 끙, 일어나며 말했다. 아이를 재우다가 옆에서 깜박 졸았던 모양이었다.

"막 들어왔어."

계속되는 야근으로 몸은 피곤했지만 리의 목소리에는 활력이 묻어났다. 리는 잠든 아이를 내려다보며 어제보다 조금 더 큰 것 같다는 느낌이 들었다. 손과 발이 커졌고 볼에는 살이 제법 올랐다. 실제로 밥은 아이의 키와 몸무게, 먹는 양과 기저귀 교환 횟수, 대변의

점도와 형태, 냄새까지 빠짐없이 매일 상세히 기록했
다. 그 기록들을 보고 있노라면 실험일지의 데이터 같
다는 착각이 들었다. 그는 최선을 다해 대상을 키우고
있었지만 정작 본인의 컨디션은 돌보지 못했다. 다크
서클과 뱃살이 늘었고 피부는 푸석했다. 리는 좀비처
럼 걷는 밥의 뒷모습을 보며 자신의 재킷 주머니에 들
어 있는 약통을 만지작거렸다. 밥에게 필요할 것 같아
챙겨둔 것이었다.

결국 밥이 만든 '마더메이킹'이 선택됐다. 존은 중도
에 포기했다. 리도 뒤늦게 모성 호르몬제를 제작했지
만 상용화되진 못했다. 하지만 회사 내에서 오히려 인
기가 좋아 직원들이 암암리에 리에게서 받아가곤 했
다. 심지어 킴도 먹고 있다는 소문이 돌 정도였다. 궁
금했는지 어느 날 존이 리의 연구실에 들렀다.
"실패작이 이렇게 인기가 좋아도 돼? 이름이 뭐야?"
"맘스가드."
리가 웃으며 말했다.
"그거 먹으면 좀비처럼 걷거나 환청이 들리거나 하
는 건 아니지?"

"그럴 리가. 운동하며 먹으면 효과가 더 좋지. 존, 너도 먹어 볼래?"

리가 보란 듯이 물과 함께 알약을 삼켰다. 존은 리가 건넨 '맘스가드' 약통에 적힌 전 성분을 읽었다.

"비타민 B, C. 그리고……"

존이 맙소사,를 덧붙이며 리를 향해 말했다.

"사향? 모성이 수컷 노루의 생식선에서 나온다는 얘긴 처음 듣는데?"

"체력 증진에 중요한 원료야. 비싸서 그렇지."

리가 천연덕스럽게 말했다. 다들 이 실패한 호르몬제를 받아 가는 이유가 있었군. 존은 미소를 머금고 머리를 절레절레 저었다. 그러다 마지막에 적힌 성분을 읽었다. 존은 고개를 들었다. 리를 바라보는 눈빛이 꿈을 꾸듯 그윽해졌다. 그것은 존의 주특기였다.

"SLH-T0211이라면……?"

"나무늘보의 시간 호르몬이지."

"리, 게다가 그 고스트 팩터는……"

유머와 경탄, 동질과 연대, 위안과 감동이 뒤섞인 표정으로 바라보는 존에게 리는 눈을 찡긋하며 말했다. 그 고스트의 이름을.

그런데 있잖아, 선녀가 잠시 뜸을 들였다.

"내가 배가 고프거든."

선녀가 귓가에 나직하게 속삭였다.

"피 좀 줄래?"

이번엔 제안이 아니었다.

피 도 눈물도 없이

400년 남짓 자다 깨어났다는 선녀는 아직 적응이 안 된다며 투덜댔다.

"내가 잠들 때만 해도 국호가 조선이었거든. 말도 마, 어찌나 시끄러웠는지. 무슨 호란이다, 왜란이다, 민란이다 그런 난리도 없었어. 그래서 심장에 말뚝이 박힐 땐 말이야, 그래 뭐 시끄러웠는데 잘됐다 싶었지. 한숨 푹 자고 일어나면 좀 조용한 시절이 올 줄 알았거든."

선녀는 썩어서 부스러기만 남은 말뚝의 잔재를 털고 일어났다고 했다. 죽었다 깨어날 때면 늘 그렇듯 무기력했고 외로웠고 무엇보다 배가 고팠다. 인간들이 많은 곳으로 무작정 걷다 보니 공기 중에서 냄새가 났다. 피 냄새, 피로 만든 스낵의 냄새. 냄새를 따라 문을 열고 들어온 선녀는 그날 해장국집에서 400년간의 허기를 채웠다.

"400년 굶은 것치고는 적게 먹었네요."

김모는 선녀가 세 그릇을 비웠던 걸 상기하며 말했다.

"원래 내가 군것질 같은 거 잘 안 하는 편인데 거기 푸딩은 맛있더라."

선녀는 선지를 블러드 푸딩이라 불렀다.

"이렇게 오래 잔 건 처음이야. 국호가 바뀐 지도 모르고 있었으니."

선녀는 창문을 향해 고개를 돌리며 말을 이었다. 암막커튼 사이로 달빛이 은은하게 흘러들어 선녀의 옆모습은 더욱 고혹적으로 보였다. 김모는 자신의 양쪽 침샘에서 침이 과다 분비되는 걸 느꼈다. 왜 예쁜 여자를 보면 침이 고이는지 모르겠다고 김모는 생각했다. 티 나게 삼키면 안 되는데. 김모는 곤혹스러웠다.

선녀는 담담했지만 약간은 무기력했고 나른한 게 피곤해 보였다. 피곤하기는 김모도 마찬가지였다. 그렇다고 해서 저기, 왜 이런 이야기를 지금 12시간 노동하고 온 사람한테 하는 거죠? 라고 묻고 싶진 않았다. 그저 선녀와 같은 공간에 있다는 것만으로도 김모는 행복했다.

　김모가 선녀를 처음 본 것은 한 달 전 월요일 늦은 저녁이었다. 그때 김모는 30년 전통 해장국 집에서 뚝배기를 나르고 있었다. 회식이 많은 목요일이나 금요일, 술자리가 많은 토요일이나 일요일과는 달리 월요일은 상대적으로 손님이 적었다. 간간이 혼자 해장을 하러 오는 손님뿐이어서 어쩌면 선녀의 등장이 더욱 눈에 띄었는지도 모른다. 김모는 언제나 그렇듯 가뿐하게 여섯 그릇을 쟁반에 받쳐 들고 날렵하고 신속한 동작으로 서빙을 했다. 그 와중에 손님들의 요구사항 즉, 물수건이나 공깃밥, 반찬 등의 리필도 재빠르게 처리했다. 카운터에 앉아 최사장은 이런 김모를 흐뭇하게 바라봤다. 김모의 서빙 실력은 일당백이었다.

　그때, 발목까지 오는 검은색 드레스를 입은 여자가 문을 열었다. 여름 날씨에도 여자의 얼굴은 추운 것처럼 창백했다.

　"주문하시겠어요?"

　김모가 다가가 묻자 여자가 입을 열었다.

　"피……이."

한 음절의 단어를 길고 느리게 답했다.

"네?"

당황한 김모는 여자의 입술에 시선을 고정하고 다시 한번 물었다. 여자는 절박하지만 피곤하다는 듯 다시 한번 힘주어 말했다.

"피……이."

"아, 선지해장국이요?"

김모는 초췌해 보이는 몰골의 여자에게 뜨끈한 선짓국을 가져다주었다. 계산대에서 사장이 주시하는 게 느껴졌다. 혹시 노숙자나 미친 사람이 무전취식할까 하는 우려 때문이었다. 하지만 노숙자라 하기에 여자의 행색은 지저분하거나 남루하지 않았다. 또 정신이 아픈 사람이라 보기에도 다른 차원에 사는 듯한 그들 특유의 눈빛이나 표정은 없었다. 게다가 결정적으로, 예뻤다. 선짓국에서 선지만 골라 먹은 여자가 김모를 쳐다보았다.

"선지 추가해 드려요?"

여자가 기운 없이 고개를 끄덕였다. 굉장히 오래 굶주린 모양이라고 김모는 생각했다. 김모가 선지를 가져오자 여자는 손가락으로 집어 입에 넣었다. 그릇이 눈 깜짝할 사이에 깨끗이 비었다. 여자가 선지 한 그릇을 더 요청하자 사장은 이제 노골적으로 여자를 쳐다보았다. 직원들이 마시는 물도 아까워하는 사람이었다. 자신에게 요만큼의 피해라도 올 것 같으면 저절로 넓적다리 네 갈래근에 힘이 들어갔다. 전직 국가대표 유도선수였던 과거의 본능이었다.

세 번째로 추가한 선지의 마지막 조각을 입속에 넣고 나자 여자는 비로소 만족스러운 표정을 지었다. 뚝배기 안 국물도 그대로고 공깃밥에는 손도 안 댔으며 김치나 부추무침 따위는 거들떠보지도 않는, 진정한 선지 마니아였다. 허기를 면하자 정신이 드는지 여자는 천천히 주위를 둘러보았다. 그러다 벽걸이 텔레비전에서 시선을 멈췄다. 종편 시사 프로그램 채널이었다. 시시한 주제를 가지고 진행자와 패널들이 진지하게 토론 중이었다. '헬조선, 미래는 어디에 있나' 따위의 자막이 떠 있었다. 여자는 화면에 빨려들어갈 것처럼 뚫어져라 바라보았다. 마치 생전 텔레비전을 처음 보는 사람처럼. 이런 그녀를 직원을 비롯한 손님들도 힐끔거리며 쳐다보았다. 뭔가 오래된 지하실의 습한 냄새처럼 음산한 분위기를 풍겼지만 여자는 보기 드문 미녀였다. 흰 피부는 허리까지 내려오는 검은색 긴 머리카락과 대비되어 희다 못해 창백해 보였다. 그리고 그 창백함은 크고 또렷한 검은색 눈동자와 긴 속눈썹과 더불어 뇌쇄적인 분위기를 자아냈다. 움푹 들어간 쇄골 아래로 펼쳐지는 글래머러스한 굴곡이 너무 아찔해 김모는 눈을 질끈 감았다.

눈을 떴을 때 여자는 매장에서 사라진 후였다. 김모뿐 아니라 사장도 놀라긴 마찬가지였다. 사장은 달려왔고 김모는 두리번거렸다. 사장은 무전취식으로 신고하겠다며 CCTV의 얼굴을 확대해서 프린트하는 등 난리를 쳤지만 잠시 후 5만 원권 한 장을 들고 나타난 여자를 보곤 조용히 종이를 구겼다.

꿀꺽.

결국 침은 소리를 내고 넘어갔다. 선녀가 창문에서 시선을 돌려 김모를 바라보았다. 얼굴이 붉어진 김모는 주위가 어두워 다행이라고 생각했다.

"집사 한번 해볼래?"

"네?"

난데없는 제안에 김모는 잠시 집사의 사전적 정의

에 관해 생각했다. 혹시 여기 교회가?

"마지막 집사가 400년 전에 죽었거든."

전도하려는 건가. 김모의 의구심이 고개를 들었다.

"보수는 지금 식당 월급의 두 배 줄게."

해장국집의 두 배? 이번엔 김모의 호기심이 고개를 들었다.

"숙식 제공도 가능해. 여기 방 많거든."

이제는 김모의 동공이 흔들렸다. 이를 놓치지 않고 선녀는 더 강하게 협상을 몰아붙였다.

"4대보험은 못 들어주지만 세후로 금액을 맞춰줄 테니 손해는 아닐 거야."

쿨하면서도 똑 부러지는 성격의 미녀였다. 그런데 뭔가 이상했다. 나한테 왜 이렇게 잘해주는 거지? 삼십 평생 살면서 누군가의 호의를, 특히 여자의 호감 같은 것은 받아본 적 없는 김모로서는 의구심이 다시금 고개를 들었다. 김모는 선녀를 다시 한번 찬찬히 뜯어보았다. 몇 살이나 되었을까? 20대 초반 같기도 하고 잘 가꾼 30대 초반일 수도 있는, 나이를 도통 짐작하기 어려운 외모였다. 하지만 표정만은 아주 오래 살아온 노파의 그것처럼 초연했고 무엇보다 날카로운 창처럼 사람을 꿰뚫어버릴 것만 같은 눈빛은 함부로 대할 수 없는 위엄이 느껴졌다. 그래서 지금까지 반말을 하고 있었지만 그 모습이 너무 자연스러워서 딱히 할 말이 없었다.

첫날 그렇게 묘연히 등장한 이후 선녀는 해장국집에 이틀 혹은 사흘에 한 번꼴로 들렀다. 그녀는 항상 어딘지 모르게 복고풍 느낌이 나는 블랙 원피스를 입고 도도하고 세련된 말투로 주문했다.

"선지 만 원어치 포장이요."

그것은 마치 커리어우먼이 모닝커피를 테이크아웃해 가는 것만큼이나 도회적인 몸짓이었다. 처음 보았을 때와는 느낌이 달랐다. 어딘지 모르게 이국적인 분위기에 중저음의 목소리가 묘한 매력을 풍기는 미녀였다. 그녀는 곧 매장에서 일하는 남자 직원들, 김모를 포함한 두 명의 서빙 알바와 주차관리요원인 이씨의 관심 대상이 되었다. 심지어 주문 시 항상 잊지 않고 덧붙이는 한마디 말마저 화제였다.

"신선한 걸로."

주차요원 이씨는 곧 환갑을 바라보는 나이도 잊은 채 그녀가 해장국집을 향해 걸어오는 게 보이면 매장

문을 열고 은밀히 소리쳤다.

"선녀, 떴다!"

'선지만 먹는 섹시한 미녀 손님' 줄여서 그냥, 선녀라고 불렀다. 사장도 더 이상 선녀를 주시하지 않았다. 최사장은 자신의 영업에 방해만 안 된다면 선녀든 미녀든 관심이 없었다.

그렇게 어느 날 갑자기 나타나 해장국집 남자 직원들의 마음을 설레게 만든 선녀가 이번엔 불쑥, 김모에게 다가왔다. 영업시간이 끝나 가게 문을 닫으려는 순간이었다. 뭔가 스치는 느낌이 들었다. 이상하게 한기와 더불어 목덜미에 오소소 소름이 돋았다. 뭐지? 김모가 팔뚝의 닭살을 훔치며 뒤돌아서자 창백한 얼굴이 서 있었다.

"아, 깜짝이야!"

김모는 자신도 모르게 숨을 훅 들이마셨다.

"우리, 잠깐 얘기 좀 할까?"

입꼬리를 살짝 올리며 선녀가 말했다.

김모의 놀란 심장이 더욱 격렬하게 뛰었다. 선녀는 김모의 대답 따위는 안중에도 없이 뒤돌아 걸었다. 앞서 걷는 선녀의 뒷모습을 보자니 기분이 묘해졌다. 몸매를 드러내는 검은색 니트 원피스는 그녀의 풍만한 엉덩이 실루엣을 고스란히 드러냈다. 그렇게 김모는 뭔가에 홀린 듯 선녀의 뒤를 따라 이곳까지 오게 됐다.

"간단한 심부름 정도야."

선녀는 집 안 청소 및 간식 심부름이 집사의 업무라고 했다. 그렇다면 아르바이트를 그만두지 않아도 된다. 거기에 숙식 제공이라면 고시원비도 절약할 수 있다. 순식간에 월급이 세 배 이상 오르는 것이다. 그렇게 되면 빚도 더 빨리 갚을 수 있게 된다. 김모는 고민의 여지가 없었다. 게다가 선녀의 집에서 자게 된다니! 주차요원 이씨 아저씨가 알면 배 아파 죽을지도 모른다. 미모와 재력이 한꺼번에 다가오자 김모는 눈앞이 아찔해졌다. 더 이상 선녀의 정체나 정신세계에 대해 의심하지 않기로 마음먹었다.

"할게요, 집사."

필요 이상으로 성급하게 대답하느라 김모는 살짝 목이 메었다.

"잘 생각했어."

그런데 있잖아, 선녀가 잠시 뜸을 들였다.

"내가 배가 고프거든."

웬일로 선녀가 입꼬리를 양옆으로 확 당기며 활짝 웃었다. 그러자 엄청나게 길고 날카로워 보이는 송곳니 두 개가 드러났다. 거의 살상 무기 수준의 치아였다. 어떻게 저런 게 숨어 있었지, 의문과 함께 선녀가 코앞에 와있었다. 눈 깜짝할 사이였다. 축, 축지법인가? 당황한 순간 선녀의 거친 숨결이 느껴졌다. 뭔가 뜨겁고 달뜬 숨소리였다. 꿀꺽, 또다시 김모의 침이 큰소리를 내며 넘어갔다. 선녀가 귓가에 나직하게 속삭였다.

"피 좀 줄래?"

이번엔 제안이 아니었다.

물론 공짜로 달라는 건 아니었다. 선녀는 나름 합리적인 흡혈귀였기 때문에 정확하게 cc당 금액을 쳐서 급여 외 항목으로 계산해주었다. 그러니 김모도 큰 불만은 없었다. 오히려 빚을 빨리 갚을 수 있게 되어 내심 기쁘기조차 했다. 그러나 그 기쁨도 잠시, 집사로 채용된 지 한 달이 된 어느 날이었다.

점심시간에 뚝배기를 나르고 있는데 휴대전화가 울

렸다. 사장은 근무 시간에 문자 보내는 것도 싫어하는 터라 웬만하면 전화는 잘 받지 않았다. 그런데 마침 사장이 자리를 비웠다. 액정에는 모르는 번호가 떠 있었다. 김모는 망설이다 전화를 받았다. 낯선 목소리는 누군가 당신을 찾아갈 거라 말하곤 끊었다. 전화가 끊기자마자 매장으로 정말 누군가 김모를 찾아왔다. 자신을 악성채권 담당 채권추심업체의 박부장이라고 소개한 검은 옷을 입은 남자였다. 요즘 검은 옷을 입은 자들이 주위에 많아진다고 생각할 무렵 덩치가 큰 두 명의 사내가 더 들어왔다. 역시나 검은 옷을 입고 있었다.

"김모씨?"

김모를 위아래로 훑어보며 남자가 말했다.

"그런데요."

김모가 불길한 예감으로 대답을 하자 남자는 김모에게 잠깐 나가자고 했다.

"보다시피 지금은 바쁜데, 왜 그러……"

말이 끝나기도 전에 김모가 들고 있던 뚝배기를 엎고 덩치 중 한 명이 멱살을 잡아 올렸다. 성격이 매우 급한 사람들이었다. 김모는 까치발을 한 채 밖으로 끌려나왔다. 가게 안이 일시에 쥐죽은 듯 조용해졌고 손님들의 시선이 집중됐다. 하지만 덩치가 한 번 휙 째려보자 모두 뚝배기에 얼굴을 박고 조용히 해장국을 퍼먹었다. 그들은 김모를 가게 뒤편으로 끌고 가서는 코앞에 종이 한 장을 내밀었다.

"사인해."

희한하게도 검은 옷을 입은 사람들은 모두 김모에게 반말을 했다. 하지만 눈앞의 종이는 그것에 관해 따질 겨를이 없게 만들었다.

"농담이시죠?"

김모는 남자를 올려다보며 말했다. 40대 중후반쯤 되었을까. 그는 사채업자라기보다는 공무원에 가까운 인상이었는데 단정하고 사무적이며 무엇보다 아무런 특징을 잡을 수 없는 밋밋한 외모가 특징적이었다. 서울 끝자락 동네 주민센터에서 인감증명을 떼어주는 직원이라고 해도 믿을 만한 평범한 얼굴이었다. 하지만 그가 내민 계약서의 내용은 전혀 평범하지 않았으니 어느 정도 예감은 하고 있었으나 체감으로 다가오자 믿어지지 않았다. 김모는 이런 일이 실제로 일어난다는 게 놀라웠다.

"지금 하나면 되는 걸까,라고 생각하고 있나?"

남자는 김모와 눈을 마주치며 말했다. 가까이서 보니 남자의 홍채는 노르스름한 빛을 띠고 있었다. 김모와 눈을 맞추자 동공이 순간적으로 잽싸게 수축했다. 고양이 과의 포식자들이 사냥감과의 거리를 가늠할 때처럼 눈동자의 조리개를 바짝 조였다. 무표정에 작은 동공, 평범하다고 생각했던 얼굴이 뭔가 불길한 인상으로 바뀌고 있었다.

"하나로는 원금 정도 탕감할 수 있네. 그런데 이자가 남잖아. 두 개면 이자까지 다 해결이 되고 자네는 자유의 몸이 되겠지만 죽잖아. 죽으면 자유가 다 무슨 소용인가."

그래서 우선 하나라는 친절한 설명과 함께 그는 김모의 손에 모나미 볼펜을 쥐여주었다. 김모는 이제야 이해가 된다는 듯 고개를 주억거리며 담벼락에 기대 서류에 사인과 지장을 찍으려는 찰나, 이건 좀 아니지 않나 싶었다.

"제가 지금 빚을 아주 열심히 갚고 있습니다."

김모가 떨리는 목소리로 읍소했다. 그러니 좀 기다려 달라는 취지였다.

"그러게. 아주 열심히 갚고 있더군. 그래서 온 걸세."

알고 있으니 어서 사인하라는 취지로 남자가 눈썹을 움직였다. 군말 없이 김모는 계약서에 사인했다. 균일하지 않은 시멘트 때문에 이름이 울퉁불퉁하게 써졌다. 검은 옷의 사내들은 서류를 낚아채고는 또 보자는 무시무시한 말을 남긴 채 검은색 세단을 타고 돌아갔다. 김모는 빚을 갚아야 할지 말아야 할지 혼란스러웠다.

인간의 혈액량은 4~6L, 몸무게의 8%에 해당한다. 피가 다시 생성되는 데는 시간이 걸린다는 얘기다. 젊은 성인 남자의 경우 헌혈의 횟수는 400ml 전량 시 두 달에 한 번. 김모는 그 두 배의 피를 빼고 있다. 선녀의 집사가 된 지 두 달, 악성 빈혈이 생기고 몸무게가 급속히 빠졌다. 돈 버는 것은 둘째치고 이대로 있다가는 죽을 것 같았다. 뚝배기를 나르다 몇 번이나 무릎이 꺾였다. 사장의 눈빛이 뒤통수에 따갑게 박혔다. 사장은 인간 힘의 원천은 허벅지 두께와 비례한다는 이상한 믿음을 갖고 있었다.

"김군아, 너 요새 허벅지 살이 좀 빠진 거 같다."

"바지가 한 치수 커서 그래요."

사장은 당장이라도 줄자를 갖고 와 잴 것처럼 김모의 허벅지를 뚫어지게 쳐다봤다. 김모는 사장의 시선을 느끼며 배에 힘을 주고 걸었다. 요즘 최사장은 심기가 좋지 않았다. 전직 국가대표 유도선수였던 그는 환갑이 넘은 나이였지만 장사에 정열적이었다. 키는 작았지만 떡 벌어진 어깨와 다부진 허벅지 때문에 인상이 단단해 보였다.

"얼굴은 왜 그렇게 허옇게 떴냐, 젊은 놈이 피죽도 못 먹은 것처럼."

점심때 뚝배기 세 개를 나르다가 다리가 휘청한 것을 본 모양이었다. 예전에는 여섯 개가 담긴 쟁반도 척척 날랐는데 확실히 기력이 약해졌다. 게다가 얼마 전 사장이 김모 다음 타임의 교대 직원을 해고하고 새로 고용하지 않은 후로 김모는 늘 연장근무에 시달려야 했다. 출근 시간은 칼같이 지키되 퇴근 시간은 한정 없이 늘어났다. 손님이 있든 없든 칼퇴근하는 직원들을 노골적으로 못마땅해했기 때문에 모두 조금씩 오버타임 근무를 할 수밖에 없었고 사장은 이를 당연하게 생각했다. 그렇다고 시간 외 근무수당이 있는 것도 아니었기에 다들 불만이 쌓여갔다. 이에 대해 의견을 제기

할라치면 사장의 대답은 한결같이 '대기업을 봐라'였다. 대기업에서 칼퇴근 한다는 얘기 들어봤냐는 것이다.

"걔들은 맨날 오버타임 근무야."

그렇게 하지 않고는 살아남을 수 없는 시대에 우리가 지금 살고 있다는 논지였다. 그렇다고 우리가 대기업만큼의 연봉과 상여금 및 복지혜택을 누리고 있는 건 아니지 않느냐고 회식 자리에서 조심스럽게 반론을 제기했다가 '마인드가 틀려먹었다'는 이유로 다음 날부터 볼 수 없었던 직원이 있었기에 그 문제는 더 논의되지 않았다.

어쨌든 사장은 마음만은 국내 굴지의 대기업 CEO였다. 이대로만 간다면 벌떡 일어나 대한민국 외식업계를 제패할 것만 같았던 사장에게 시련이 닥친 것은 바로 앞 가게인 황소곱창에서 한 달 전부터 해장국을 시작하면서였다.

사장에게 인류 최고의 비하 발언은 '상도 없는 놈'이다. 그러니까 상도 없는 놈은 가장 밑바닥, 쓰레기 중의 쓰레기였다. 사장은 저런 상도 없는 놈들이 어디 있느냐며 내가 곱창전골을 못 해서 안 하는 줄 아느냐고 본인은 원래 그렇게 몰지각한 사람이 아니지만 상도를 어긴 건 바로 저놈들이 먼저인 관계로 다음 달부터 당장 개시할 테니 다들 그런 줄 알라고 했다.

"더 이상 피 못 뽑겠어요."

김모가 선녀에게 말했다. 기력이 없는 목소리였다.

"왜? 돈이 적어?"

선녀가 눈을 동그랗게 뜨며 물었다.

그게 아니고 죽을 거 같다고 했더니 선녀는 난 또 뭐라고, 피식 웃었다.

"안 죽으니까 걱정 마."

선녀는 선지를 크리스털 접시에 담아 스푼으로 떠먹으며 말했다. 김모가 퇴근하며 포장해 온 것이었다. 선녀는 아무런 양념도 없는 잿빛의 핏덩어리를 앙증맞은 금색 티스푼으로 떼어 먹었다. 그것은 얼핏 푸딩처럼 보였다. 탱글탱글한 초콜릿 푸딩, 아니 블러드 푸딩. 비위도 좋다. 순간, 김모는 욕지기가 올라오는 것을 느꼈다. 주인님이 맛있게 간식을 먹고 있는데 그 앞에서 토해서는 안 된다. 김모는 이를 악물었다. 이미 목젖까지 넘어온 신물을 간신히 식도로 다시 넘겼다.

시큼한 냄새가 입안에 가득 남았다. 갑자기 서러운 감정이 몰려왔다.

몸이 허해지니 마음도 헐거워지나, 김모의 눈에서 물이 새어나왔다. 피를 뺄 때마다 영혼도 함께 스윽 빠져나가는 기분이었다. 서러움은 신세한탄으로 이어졌다. 대학을 졸업했는데도 대학 때문에 진 빚은 남았고 취업은 안 되고 그래서 작은 스타트업 게임개발 회사를 차렸다가 투자를 못 받아서 또 빚을 지게 되고 비틀비틀 지탱해오다 망했다. 이젠 평생 그 빚만 갚으면서 살아야 할 것 같은 두려움, 아니 그 전에 내가 먼저 죽을 것 같은 위기감 따위를 술의 힘을 빌리지도 않고 말하고 있었다.

"투자 받으려고 지원서를 냈는데 벤처캐피탈이 학교를 보더라고요. 아이디어와 기획력이 아닌 학교의 소재지를요."

"어머 어머."

선녀가 티스푼을 혀로 핥으며 말했다.

"내가 그 학교 나오느라 진 빚이 얼만데, 정말 분하고 억울해요."

"그러게. 화날 만하네."

"결국 그 학교 때문에 떨어졌어요."

"저런 저런."

선녀가 선지를 떠먹으며 영혼 없는 추임새를 넣었다. 일도, 빚도, 죽기 전까지 결코 끝날 것 같지 않았다.

"먹고 살기도 힘든데, 내 집사로 들어올래?"

선녀가 마치, 오늘 점심은 잔치국수 어때? 하는 식의 지나가는 투로 말했다.

"지금 하고 있잖아요."

"아니, 진짜 집사 말이야. 나의 권속."

권속이라는 단어가 낯익었다. 김모는 한창 만화방에 다닐 무렵 읽었던 장르물을 떠올렸다. 흡혈귀가 자신의 수하를 만들기 위해 인간을 흡혈귀로 변화시키는 과정, 그 개념이었다. 설마 이런 걸 말하는 건 아니겠지.

"뭐, 룰은 대충 알고 있을 거야. 워낙 인간 세상에 영화나 소설로 많이 노출됐으니까."

선녀는 마치, 네가 생각하는 그거 맞아,라는 표정으로 말을 이었다.

"인간의 구질구질한 삶에서 벗어날 수 있지. 힘도 세지고, 늙지도 않고, 아프지도 않아. 병원 갈 일이 없으니 돈 들 데도 없고."

"피를 먹어야 하나요?"

"안 먹으면 배고플걸."

"피만 먹어야 하나요?"

"다른 건 안 땡길거야."

"장점은 뭐죠?"

"영생을 누리는 거지."

"단점은요?"

"영원히 산다는 거지."

"400년 전에 집사가 죽었다면서요."

"아, 맞다. 권속은 주인의 심장에 말뚝이 박히면 죽어."

"말뚝이 박힌 주인은요?"

"아주 긴 잠을 자게 돼. 로열과 하프의 차이지, 뭐."

역시 그 세계에도 계급은 존재했다. 하지만 이 상황을 타진하기 위해선 다시 태어나는 것보다는 빠를 것 같았다. 김모는 내일 당장 출근하기도 두려웠다. 자신의 일거수일투족을 감시하는 덩치들과 매일 허벅지 사이즈를 줄자로 재는 사장의 야만스러운 눈빛에 숨이 막혔다. 그 대신 인간의 삶을 포기해야 한다. 사랑하는 사람들이 늙어가는 것, 병들어 죽는 것을 지켜봐야 하고 선녀처럼 간도 안 된 선지를 푸딩인 양 맛있게 퍼먹을 것이고 끊임없이 피에 대한 갈증을 느낄 것이다. 게다가 영원히 종으로 살아야 한다. 지금처럼.

"좋아요. 할게요, 권속."

김모는 심호흡을 한 번 한 후 남방셔츠의 단추 하나를 풀었다. 종으로 살지언정 그들보다는 강한 존재로 살고 싶다. 게다가 나는 가족도 없잖아. 남은 건 빚뿐인데 뭐. 선녀의 집사로 영원히 살 수만 있다면 김모는 괴물이 되어도 좋다고 생각했다.

"잘 생각했어. 우선 3개월의 인턴과정을 거치고 나서 정식 집사로 발령이……"

"인턴이요?"

"자질을 봐야 하거든. 권속은 주인과 영혼의 동반자나 마찬가지니까 함부로 들일 수는 없지. 영생은 생각보다 아주 길거든."

생각지도 못한 답변에 김모는 머릿속이 아득해져 왔다. 장르물에는 인턴 같은 거 없었는데. 언제나 현실은 픽션보다 척박하다.

채권추심업체의 박부장과 덩치들이 남기고 간 또 보자는 마지막 말은 생각보다 빨리 돌아왔다. 그들은 김모의 일거수일투족, 어딘가로 도주를 계획하고 있는 마음까지 다 알고 있는 것 같았다. 하지만 가장 놀라운 것은 굉장히 부지런하다는 점이었다. 검은색 양복에 흰 와이셔츠를 단정하게 받쳐 입은 박부장은 김모와 가만 눈을 맞추고 말했다. 센서처럼 그의 홍채와 동공이 반응했다.

"지금 우리가 부지런하다고 생각하나?"

독심술 혹은 고도의 심리전일지도 모른다고 생각하고 김모는 대답하지 않았다.

"이 일도 다른 업종하고 다를 거 없네. 부지런하고 성실한 자만이 살아남는 세상 아닌가. 그리고 심리학은 통계에 기반을 두지. 나는 이런 일을 아주 많이 겪었거든."

박부장은 지루한 듯 말을 마치곤 김모의 몸으로 눈길을 옮겼다. 그의 눈은 마치 MRI처럼 김모의 오장육부를 스캔하듯 훑다가 왼쪽 옆구리쯤에서 멈췄다.

"그나저나 요새 몸을 너무 혹사하는 거 아닌가?"

김모의 건강 상태가 못마땅한 듯 박부장은 미간에 주름을 잡았다. 맞잡은 두 손으로 중심부를 가리고 있던 김모는 그의 앞에서 벌거벗고 있는 것 같은 수치심이 들었다. 그리고 곧 이 수치심이 인간의 마지막 상징처럼 느껴져 약간의 희열감마저 들었다. 김모는 이 감정을 곱게 접어 영원히 간직하리라 다짐했다. 조만간 자신은 인간을 졸업할 것이기 때문에. 그런데도 해장국집을 그만둘 수 없는 이유는 선녀의 입맛 때문이었다.

"다른 데 거는 싫어. 30년 전통이라 그런지 푸딩에서 깊은 맛이 나."

30년은 개뿔. 최사장이 해장국집을 차린 지는 3년이 조금 못 되었다. 게다가 정식 집사가 되는 그날까지 신체를 온전히 지키기 위해서는 꾸준히 출퇴근하는 모습을 보여야 했다. 김모는 틈날 때마다 인간이 아닌 존재로 살게 될 앞으로의 삶에 관해 생각했다. 궁금해서가 아니라 그러지 않고서는 이 생활을 견딜 수 없었기 때문이다.

"조선을 떠나지 않는 이유?"

김모가 포장해 온 선지를 떠먹으며 선녀가 말했다. 헬로키티가 그려진 핑크색 수면바지를 입고 양반다리를 하고 있었다. 검은색만 입어야 하는 줄 알았다고 했더니 그냥 유행 안 타는 색깔일 뿐이라고 했다.

"피 맛이 달라."

"혈액형 별로 다른 거 아니었어요?"

"김집사, 에비앙이랑 삼다수 구별할 수 있어?"

"아……뇨."

"그 정도 차이야. 아주 미묘한 차이지. 선호하는 혈액형이 있을 순 있지만 뭐 중요한 건 아니야. 더 중요한 건 지역이거든. 전 세계를 다 돌아봤지만 이 땅의 인간들, 피 맛이 독특해."

"어떤데요?

"음…… 뜨거워."

"네?"

"피가 뜨겁다고."

뭔가 심오한 이야기인 거 같아 김모의 얼굴이 진지해졌다.

"자고로, 미녀는 뜨거운 걸 좋아하는 법이거든."

한쪽 눈을 찡긋하며 선녀가 은밀한 농담을 시도했지만 김모는 웃지 않았다. 왜냐하면 김모는 지난 시절 이 땅에서 일어났던 일들을 차례로 떠올렸기 때문이다. 김모가 웃지 않자 미녀는 무안해졌다. 400년 만에 농담을 했더니 감이 떨어진 거 같았다.

석 달의 시간이 기적처럼 흘러갔다. 선녀가 사흘에 한 번인 흡혈 주기를 일주일에 한 번으로 늘여 주는 바람에 그나마 버틸 수 있었다. 선녀는 다이어트를 하겠다고 했다. 김모는 그들이 눈으로 가늠하는 것을 느낄 수 있었다. 자신의 혈색을, 허벅지 두께를, 장기의 안녕을. 빚은 갚아도 갚아도 줄지 않았다. 이자만 갚고 있는 셈이었다. 피는 만들어지는 즉시 선녀가 인출해 갔다.

김모는 인턴이 끝나면, 그래서 흡혈귀가 되면 우선 저 기분 나쁜 사채업자의 목덜미부터 물겠다고 다짐했다. 왠지 차갑고 끈적한 검은 피가 나올 것 같았다. 체했을 때 손끝을 따면 나오는 죽은 피 말이다. 저 근육 돼지 사장놈은 또 어떻고. 유청 먹고 키운 저 근육 때문에 분명 피에서 상한 우유 비린내가 날 것이다. 다들 맛은 없겠지만 두고 봐라, 아주 아프게 물어주마.

그러나 당장은, 의자에 앉았다. 다리가 후들거리고 진땀이 났다. 당장이라도 뜨거운 뚝배기를 손님의 머리 위로 쏟을 것만 같았다. 이런 김모를 사장이 쩨려보았다. 점심시간이었고 아직도 날라야 할 뚝배기가 주방에서 계속 나오고 있었다. 김모는 사장의 시선을 외

면했다. 한 달이 넘도록 충원이 되지 않은 탓에 김모를 비롯한 다른 직원들의 손과 발은 더욱 피곤해졌다. 대신 한 사람분의 인건비가 사장의 주머니에는 남았다. 김모는 계획을 바꿨다. 죽은 피 박부장이 아닌 저 돼지새끼 최사장의 목덜미를 첫 번째로 물어뜯겠다고.

그때, 밖에서 요란한 클랙슨 소리가 들렸다. 매장의 통유리 밖으로 검은색 세단이 보였다. 언제부터 와서 있었는지 빨리 나오라는 신호였다. 반사적으로 김모가 벌떡 일어났다. 충격 받은 표정으로 사장은 검은색 세단과 김모를 번갈아 보았다.

"다른 데로 가는 거냐? 거기선 얼마 준다고 하디?"

"그런 거 아닙니다. 사장님."

"아니긴 뭐가 아니야. 너 혹시 건너편 황소곱창집 가는 거냐?"

"그럴 리가 있겠습니까. 그냥 개인적인 문젭니다."

그 와중에도 클랙슨은 계속 울렸고 밥을 먹던 손님들이 창밖을 내다보며 미간을 찡그렸다. 선천적으로 장사꾼의 피가 흐르는 사장은 자신의 손님들이 국밥을 먹다가 표정이 불편해지는 것을 포착했다. 기분이 언짢으면 밥이 맛있을 리 없다. 밥이 맛없으면 손님들의 발길이 끊기고 발길이 끊기면 매출이 떨어지고 매출이 떨어지면 재고가 쌓이고 재고가 쌓이면 손실이 생긴다. 손실이 생기면 나는 망한다. 이러한 프로세스가 머릿속을 순식간에 훑고 내려가는 게 보였다. 이건 지난 1년 동안 보아 온 사장에 관한 김모의 감식안이었다. 사장은 단순한 사람이다. 그리고 그 단순함이 그의 사업체에 가장 큰 원동력이 되었다. 말릴 틈도 없이 사장은 벌떡 일어나 검은색 세단을 향해 성큼성큼 걸어갔다.

"당신 뭐야? 왜 남의 직원을 빼가고 그래. 상도도 모르는 놈 같으니."

사장은 세단을 향해 삿대질하며 우선 소리를 지르고 봤다. 문이 열리고 박부장에 이어 덩치 두 명이 내리자 사장의 얼굴에 당혹감이 스쳤다. 황소곱창 이놈이 언제 이렇게 세력을 키웠을까. 김모는 그게 아니라고, 일종의 건강검진을 위해 온 것이라고 말하고 싶었으나 그들 간의 팽팽한 긴장감 때문에 섣불리 나설 수가 없었다. 그도 그럴 것이 전직 국가대표 유도선수였던 사장과 검은 옷의 덩치들 사이에 선 김모를 본다면 딱, 한 마리 늙은 수사자와 세 마리의 하이에나가 토끼 하나를 둘러싸고 신경전을 벌이는 형색으로 보일 것이다. 자신의 영업장을 침범했다고 생각한 이상 사장은 쉽게 물러설 것 같지 않았다. 박부장은 뒤에 서 있고 덩치1과 덩치2가 사장을 향해 슬슬 걸어오며 손가락 뼈를 꺾어댔다. 경쾌한 우두둑 소리가 났다. 덩치1이 사장의 어깨를 툭 쳤다. 사장의 한쪽 발이 뒤로 물릴 정도의 세기였다.

"이 새끼가."

사장의 눈에서 살기가 살짝 비쳤다. 장사꾼의 깡에서 발산되는 아우라였다.

"허허, 이 영감탱이가 뭘 잘못 자셨나."

덩치1이 뒤에 서 있는 박부장을 의식하며 허세를 부렸다. 최사장도 허벅지에 힘이 들어갔다. 누구의 주먹이 먼저 나갈지 긴장되는 일촉즉발의 상황이었다. 이때, 하이톤의 여자 목소리가 허공을 뚫고 들어왔다.

"김집사, 여기서 뭐 하는 거야?"

선녀였다. 이 시간에 선녀가 어쩐 일이지? 게다가 잔뜩 화가 난 목소리였다. 김모는 마음이 덜컹 내려앉았다. 선녀는 선글라스를 천천히 벗으면서 말했다.

"집사의 기본은 문단속 아니야? 대문을 열어놓고 가면 어떡해. 아침부터 잡상인들이 현관문을 얼마나 두

드렸는지 알아?"

김모가 문을 열어 놓고 가는 바람에 아침 댓바람부터 '자매님'들이 현관문을 두드려댔고 문을 열자마자 십자가를 들이대며 찬송가를 불러대는 통에 잠이 확 달아났다며 열이 받아있었다. 선녀의 목소리로 인해 긴장의 끈이 툭 풀리자 다시 김모에게 시선이 모였다. 사장이 저 여자는 뭐냐는 눈빛으로 김모를 다그쳤다. 이 자식이 얼굴이 반쪽이 된 이유가 있었군, 하는 의심의 눈초리였다. 박부장도 흥미롭다는 표정으로 선녀를 훑어내렸다. 그제야 선녀는 자신의 집사에게서 시선을 거두고 그를 둘러싼 채권추심업체 직원들과 해장국집 사장을 둘러보았다.

"제 하인에게 무슨 볼일이라도 있나요?"

선녀는 턱을 15도가량 올리고 눈을 내리깐, 도도한 눈빛으로 말했다.

하인? 덩치들의 폭소와 더불어 김모는 얼굴이 화끈거렸다. 저 세단에 제 발로 올라타고 싶은 심정이었다. 박부장이 선녀에게 다가갔다.

"이 사람이 당신 하인입니까?"

"우리 집의 집사 일을 보는 사람입니다만."

"그렇군요. 당신 집사의 신장 하나를 떼야 해서 데리러 왔소."

선녀의 눈이 커졌다.

"신장을요? 왜요?"

사장의 눈도 커졌다.

"콩팥을 뗀다고? 당신 황소곱창 아니야?"

"돈을 빌려갔으면 갚아야겠지요. 나라고 땅 파서 장사하는 건 아니니까요. 여기 계약서도 있으니까 우린 합법적으로다가 떼 갈 권리가 있습니다. 그러니까 아가씨 하인의 저기 저 왼쪽 신장, 저거 내 겁니다."

"그건 안 되겠는데요."

선녀의 단호함에 박부장이 순간 당황하는 것 같았다. 김모는 수줍은 얼굴로 선녀를 쳐다보았다. 역시 나의 주인님이야. 니들 이제 다 죽었어.

"그럼 저 하인인지 애인인지 대신 아가씨 꺼를 내놓든지요."

박부장이 한발 다가서며 위협했다. 선녀를 건드리면 나도 가만 안 있겠다고 김모는 속으로 다짐했다. 그 전에 자신을 권속으로 만들어주면 될 것을. 선녀에게 다가가 그 말을 하려는 순간 선녀가 박부장의 눈을 똑

바로 바라보며 말했다.

"신장은 안 돼요."

"뭐?"

"피가 탁해진단 말이에요. 신장 말고 다른 걸로 해요. 두 개씩 있는 다른 거 있잖아요. 뭐, 안구라든가."

놀란 것은 김모뿐이 아니었다. 박부장과 최사장을 비롯한 덩치들조차 그녀의 말에 할 말을 잃었다. 그리곤 김모를 향해 애 불쌍해서 어떡하냐,라는 표정으로 돌아봤다. 연민 어린 눈빛들을 감당하기 어려워 김모는 등을 돌렸다. 권속이라더니, 영혼의 동반자라더니. 모두 다 거짓이었나. 주먹이 절로 쥐어졌다. 김모는 다시 뒤돌아 선녀를 향해 말했다.

"인턴 끝나면 정식 집사로 발령 내준다고 했잖아요."

김모는 어금니를 꽉 깨물고 말했다. 주인님께 버릇없는 행동이었지만 어쩔 수 없었다.

"김집사, 사회생활 처음 해봐? 인턴 다음엔 계약직을 거쳐야지."

김모는 이런 선녀를 망연히 보고 있다가 돌아섰다. 인류 모두에게 실연당한 기분이었다. 선녀는 인류도 아니고 애인도 아니었는데도 그랬다. 더 이상 이 자리에 있고 싶지 않았다. 소름 끼치게 외로웠다. 그때 뒤에서 사장의 목소리가 들렸다.

"잠깐 기다려."

김모는 고개를 돌려 축 처진 어깨로 사장을 쳐다봤다. 그는 김모가 아닌 박사장을 보고 있었다. 표정이 비장했다.

"저기, 수술 날짜를 좀 미룰 수 없을까……요? 내일 당장 일할 사람이 없는데."

박사장은 한숨을 쉬며 주머니에 손을 찔렀다.

"사람 구할 때까지만 며칠 좀 봐주면 안 될까…… 요? 점심시간 피크 때는 익숙한 일손 아니고서는 더 거치적거려가지고. 아, 허벅지 두꺼운 애를 지금 당장 어디서 구해."

전직 국가대표 유도선수의 어깨가 왜소해지고 있었다.

"이봐요. 나도 고용주라고요. 나는 당신보다 더 절실하단 말예요."

선녀도 이에 질세라 자신의 의견을 피력하고 나섰다.

"이 사람들이 지금 장난하나. 저 콩팥은 내 겁니다. 그러니까 내 지분이 가장 크단 말이지."

박사장은 두 사람을 번갈아 보며 난감해했고 덩치

들은 손을 놓고 구경 중이었다. 김모의 채권자 및 고용주들은 김모에 대한 지분 및 소유권을 두고 얼굴을 맞대고 주장했다. 순간, 아찔한 어지럼증이 일었다. 부족한 적혈구가 뇌에 산소를 충분히 공급하지 못하고 있는 게 느껴졌다. 하늘이 돌았다. 땅이 솟고 낙엽이 올라갔다. 그 자리에 털썩, 드러누웠다. 누운 자리에서도 하늘은 맴맴 소리를 내며 돌았다. 아직도 매미가 살아있나. 아직도 죽지 않고, 살아있나.

땅바닥의 차갑고 단단한 느낌이 뒤통수에 전해졌다. 눈을 뜨니 구름 한 점 없는 베이비블루색의 청명한 하늘이 펼쳐졌다. 오랜만에 보는 가을 하늘이었다. 코끝이 찡했지만 눈물은 나오지 않았다.

검은 드레스의 선녀, 검은 정장의 덩치들, 검은 바지를 입은 사장이 베이비블루색을 바탕으로 하나둘 얼굴을 내밀었다. 모두 까만 옷을 입고 있으니 마치, 유니폼을 입은 같은 회사 직원들 같았다. 그들은 김모를 둘러싸고 입맛을 쩝쩝 다시며 아쉽다는 듯 내려다보고 있었다.

"요즘 애들은 참, 약해빠져가지고."

"쓸데가 없어."

"꼭 쓸 만하면 이런다니까."

그들이 주고받는 말이 먼 곳에서 들려왔다. 김모는 느꼈다. 조금씩, 내부에서 피가 뜨거워지고 있는 것을.

나는 바비 따위 관심 없다.

바비도 바통도 아닌 주자가 되고 싶다.

스타트라인을 박차고 비상하듯 질주하는 선수.

바
통

오늘 장사는 공쳤다.

한차례 아줌마들의 습격이 끝나고 나니 출근 시간
도 지나 있었다. 그 시간에 토스트 하나라도 더 팔겠
다. 텃세는 그다음에 부려도 될 일이다. 하지만 출근
시간이 끝나면 곧이어 단속반이 닥친다는 것을 모두
알고 있었다. 10시는 암묵적으로 단속반과 노점상의
약속의 시간이다.

"정말 이 짓도 얼굴 팔려서 더 이상 못해 먹겠네."

알마니 선글라스를 고쳐 쓰며 유화가 말했다. 벌써
세 번째였다. 도대체 김밥이 샌드위치나 토스트에 어
떤 영향을 준단 말인가. 우리가 자신들의 손님을 뺏는
다고 하지만 그건 식성의 문제다. 토스트를 좋아하는

사람은 김밥을 먹지 않을 것이며 김밥을 좋아하는 사람은 샌드위치를 먹지 않을 것이다. 우리가 아무리 이런 논리를 펴도 아줌마들에게서 돌아오는 소리는 '요것들이 어디서 수작이야, 입만 살아가지고는. 아이고, 부산총각! 무슨 말 좀 해봐. 우리 부산총각이 순해 터져가지고'였다.

사실 정작 화를 내야 할 사람은 부산총각이었다. 그러나 그때마다 부산총각은 어묵 꼬치를 끼운다, 국물간을 맞춘다, 양념장을 만든다 등 부산을 떨며 열심히 바쁜 척을 했다. 그러면서 눈치를 살폈지만 돌아오는 것은 유화의 차가운 콧방귀뿐이었다.

"웃겨, 아주. 오뎅 파는 주제에."

"넌 김밥 파는 주제잖아."

"난 임시직이거든."

나의 무심한 대꾸에 유화가 어금니를 꽉 깨물고 말했다. 그럼 저 사람은 평생 오뎅 팔겠니,라고 말하려다 문득 그를 보니, 어쩜 그럴지도 모르겠다는 생각이 들었다.

30대 중반이 넘은 부산총각의 고향은 정작 부산이

아닌 경남 진주였지만 그의 주 종목이 부산오뎅이었기에 부산총각으로 불렸다. 그는 부산에서 공수해 온다는 어묵을 꼬치에 끼워서 김밥과 함께 팔았는데 겨울이라 일대 중 가장 성업이었다. 그러니 바로 앞에서 김밥 파는 우리가 반갑지 않았을 텐데도 싫은 소리 한번 하지 않고 오히려 종이컵에 따끈한 국물을 담아 내밀었다.

물론 그 이유가 유화 때문이라는 것은 나도 알고 유화도 알고 그 총각도 알았다. 그런데 어째서 그 눈치 빠른 아줌마들은 모르는 것인지 매번 '우리 순해 터진 부산총각'으로 그를 통칭했다. 그건 아마도 그의 서글서글한 인상과 이래도 흥 저래도 흥의 사람 좋음이 한몫했겠지만 좌판을 펴고 접는데 남자 손이 필요한 탓이기도 했다. 총각 이것 좀 들어줘. 총각 이것 좀 접어줄 테야? 아이고 우리 부산총각 힘이 장사네그랴. 그런데 어째 장가를 못 갈꼬? 희안하데이. 그래도 부산총각은 허허 사람 좋게 웃을 뿐이었다.

그 부산총각이 파까지 동동 띄운 어묵 국물을 아무리 갖다 바쳐도 유화는 눈길 한번 주지 않고 늘 쌀쌀맞

게 굴었다. 그도 그럴 것이 유화에겐 잘나가는 금융업 계통에 종사하는 애인이 있었고 알마니 선글라스가 있었고 샤넬 립스틱이 있었으며 34-24-35까지는 아니더라도 그에 준하는 썩 괜찮은 몸매가 있었기 때문이다.

말하자면 유화는 트렌드를 읽을 줄 아는 여자였다. 정규 교육을 받았고 분기별 유행하는 스타일로 메이크업을 했으며 시대가 원하는 몸매를 만들기 위해 요가와 수영을 했다. 거기에, 물좋은 피트니스클럽은 귀신같이 알아내어 철새처럼 옮겨 다녔고 왕복 2시간을 소비하면서 굳이 명문대학 근처의 어학원을 찾아다녔다. 덧붙여, 미국서 교포 국제변호사를 우연을 가장한 작전으로 만나 결혼에 골인한 선배 언니의 사례를 가슴에 경구처럼 새기며 지냈다. 그러고는 그러한 일련의 사례들을 '삶의 능동적인 태도'라고 명명했다.

그런 유화가 업종 변경을 해야겠다며 다니던 회사를 그만뒀다. 아무리 인턴직이었어도 이런 취업 대란에 힘들게 들어간 대기업을 그렇게 쉽게 털고 나오다니. 영문과를 나온 탓에 토익점수 하나는 남부럽지 않았던 유화가 친구 중 가장 먼저 취직했을 때 우리가 얼마나 부러워했었던가. 해고당한 거 아니냐고 물어도 결단코 제 발로 나왔다며 나의 의혹을 불식시켰다. 뭔가 있는 게 분명했다.

어쨌든, 아버지가 자신의 명의로 발급받아 사용한 카드 대금을 해결하기 위해선 유화도 마냥 놀 수 있는 처지가 아니었다. 이건 부모가 아니라 웬수라니까. 한숨을 쉬는 유화의 목소리가 이미 한 세기는 살아버린 노파 같다.

"이것저것 머리 아픈데, 결혼이나 할까 봐."

간이 테이블을 접으며 지나가는 투로 유화가 말했다.

"탈시대적 발상이네. 결혼, 그거 아직도 유행하는 거니? 넌 그 순간 슈퍼우먼이 되는 거야. 아니, 스파이더우먼이 낫겠다. 그게 트렌드에 더 맞으니까. 아침에 남편 양말 찾아줘, 밥해줘, 아이 준비물 챙겨서 등교시켜, 넌 립스틱 바를 시간도 없을걸? 출근 시간에 늦지 않으려면 벽을 타고 다녀야 할 거야. 이 건물에서 저 건물로 손목에서 끈끈이 분비물 쏴대면서. 재밌겠다. 한번 해봐, 구경 가게."

"그럼 슈퍼맨이나 스파이더맨하고 결혼하는 건 어때?"

유화는 짐짓 심각한 표정을 지으며 말했다.

"얘가 얘가, 이렇게 세상 물정을 몰라요. 너, 영웅의 아내가 얼마나 피곤한지 몰라? 슈퍼맨이 어디 데이트 할 시간 있던? 정의 사회 구현하느라 바쁘지, 맨날 응징한답시고 악당 쫓아다니다가 사고치고 들어오지. 한 번이라도 제시간에 나타난 적이 없다니까. 4탄까지 데이트에 한 번도, 제시간에 나온 적이 없다고. 약속 시간 하나 못 지키면서 평화는 무슨 놈의 평화?"

나는 한때 클라크랑 사귄 적이 있던 것처럼 흥분했다. 그래도 멋지잖아. 유화는 볼멘소리로 그를 두둔했다.

"멋지기는 개뿔. 그런 희생을 치르고 로이스가 갖는 건 뭔데? 남자의 사랑? 로맨스? 왜 여자는 사랑만 가지면 다라고 생각하는지 모르겠단 말이야. 부와 명성은 모두 남자들의 몫이고 여자는 그 뒤에 숨어서 내조라는 미명하에 그걸 나누려 든다니까."

슈퍼우먼이 되는 것은 어려운 일이지만 슈퍼맨의 아내가 되는 것은 고달픈 일이다. 나는 열혈 사회운동가처럼 기염을 토했다. 또다시 페미니즘이 유행인가? 이래서 토스트 아줌마가 우리를 두고 입만 살았다고 하는가 보았다.

"간첩 아가씨들, 타이소. 데려다줄게."

어느덧 정리를 끝낸 부산총각이 우리를 불렀다. 간간이 손님은 있었으나 곧 단속반의 행차가 있었다. 모두 퇴각하는 군인들처럼 짐을 꾸렸다. 김밥이 반이나 남아 아이스박스는 무거웠다.

"흥, 웃겨 아주. 앉을 자리는 있나?"

예의 콧방귀를 날리는 유화를 보니 부산총각이 우리를 간첩이라 부르는 이유를 알 만했다. 겨울이라 망정이지 마스크에 야구모자를 눌러 쓴 나와 마스크에 선글라스를 끼고 있는 유화는 그야말로 북에서 이제 막 내려온 간첩같이 보였다. 특히 유화는 선글라스를 절대 벗지 않았다. 김밥은 팔아도 '쪽'은 못 판다는 지론에서였다.

때로 누군가를 죽이고 싶은 살의가 불쑥불쑥 고개를 들 때가 있다. 하지만 내가 죽이고 싶은 것들은 모두 죽일 수 없는 것뿐이다. 이미 죽었거나 한 번도 살아있지 않았거나.

세 번째 결혼을 한 후 엄마가 제일 먼저 했던 일은 희귀본 바비를 사들이는 일이었다. 엄마의 두 번째 남편이 빚만 안기고 떠났을 때조차 엄마는 바비를 팔지 않았다. 하나당 수십만 원에서 기백만 원을 호가하는 것들을 지하 창고에 몰래 숨겨 놓고는 빚쟁이에게 머리채를 잡히는 엄마를 이해할 수 없었다. 그때, 엄마의 세 번째 남편인 노인네가 엄마와 엄마의 아이들을 구원했다. 엄마에게 노인네는 히어로였다. 그 후, 엄마의 바비 탐은 더욱 집요해졌고 다시 바비 콜렉터 계의 대모 자리를 찾았다.

집에 좀 들르렴. 아버지가 보고 싶어한다. 엄마는 노인네를 팔아서 내게 전화를 하곤 했다. 그렇지만 노인네가 나를 보고 싶어할 일이 없다는 건 누구보다 엄마가 잘 아는 일이다. 아마도 십일조에서 빼돌린 돈을 몰래 용돈으로 집어주기 위해서일 것이다. 노인네는 독실한 크리스천이었고 엄마는 신실한 크리스천인 척했다. 그리고 아마도, 노인네는 이 모든 것을 알고 있을 거였다.

"김밥, 마이 나마쓰요?"

덜컹거리는 트럭을 운전하며 부산총각이 물어왔다.

"반이요. 많이 못 팔았어요."

"이해하이소. 토스트 아지매, 아가 고시공부한다 아임니꺼. 그거 해서 뒷바라지하는데 아들 하나 보고 싶니더."

고시는 유행도 안 탄다. 스테디셀러라고나 할까. 트럭 뒤편의 덜그럭거리는 소리가 거슬렸다. 이러다 어묵 국물이 쏟아지기라도 하는 게 아닌지 마음이 불안했다. 그냥 택시 탈걸. 목에 칼이 들어와도 안 타겠다는 유화를 질질 끌고 와서 태운 게 후회가 됐다.

"일 끝나면 뭐 합니꺼?"

긴장해서 어색해진 옆얼굴을 보니 부산총각은 유화에게 묻고 있었다. 그러나 유화는 입을 꼭 다문 채 비련의 여주인공 같은 표정으로 창밖으로 스치는 가로수를 바라볼 뿐이었다. 중간에서 민망해진 내가 말을 받았다.

"이력서 내러 다녀요. 면접도 보고."

아, 이태백 하며 부산총각이 하하 웃었다. 그의 20세기 유머에 유화와 내가 말이 없자 그도 곧 조용해졌다. 어색한 침묵이 지루하게 계속됐다.

집 근처에서 우리를 내려 주고 그는 덜컹대고 덜그럭거리는 트럭을 몰고 정오의 한갓진 도로로 사라졌다. 오늘도 그는 집으로 돌아가 잠깐 눈을 붙인 후 저녁 시간이 되기 전 다시 거리로 나올 것이다. 그리고 퇴근 시간부터 자정까지 꽃게와 양파와 무를 넣은 구수한 어묵 국물로 사람들의 출출한 위장을 공략할 것이다. 그렇게 부산총각은 잠을 두 번에 나누어 잔다고 했다.

집을 나온 이후로는 꿈을 꾸지 않았다. 수맥이라도 흐르는지 노인네의 집에서는 잠자리가 늘 뒤숭숭했다. 그러나 지금은 시장 보랴, 김밥 싸랴, 면접 보러 다니랴 수면시간은 줄었지만 양질의 잠이 찾아왔다.

유화의 자취방으로 옮기기 전, 그러니까 집을 나오기 전날 노인네의 말씀이 있었다. 나는 노인네가 외출할 때까지 기다렸다가 방에서 나왔다. 숙취로 인해 머리는 무거웠고 입안은 텁텁했다. 학교를 졸업한 이후로 사실 갈 곳도, 할 일도 없었다. 특별한 재능이나 자격증이 있지 않은 한, 전문대 문예창작과를 나와서 할 수 있는 일은 학원강사뿐이다. 하지만 국어는 영어, 수학 과목에 비하면 수요가 적었고 그나마도 경력자들의 몫이다. 구인광고의 어디를 봐도 경력자에 한함,이라고 나와 있었다. 의아했다. 경력자들은 어떻게 경력자가 되었는지. 그들은 처음부터 경력자들 같았다. 경력자로 통하는 신비의 문이 있을 거 같은데 좀처럼 찾을 수가 없었다.

늘 그렇듯이 노인네는 나와 직접적인 소통을 하지 않는다. 엄마라는 매개물을 통해 그 '말씀'을 전하는 것이다. 신이 목사나 신부, 스님이나 랍비를 통하듯 그렇게 에둘러 온다. 엄마에게 절대 권력인 동시에 또한 한없이 나약한 존재이기도 한 노인네가 외출 길, 엄마를 통해 내게 말씀을 전하셨다.

"앞으로 용돈은 끊길 것이며 자정이 넘는 순간 문은 열리지 않으리니 두드려라, 네 손만 아플 것이다."

그 말씀은 거룩하고도 단호했다. 고향이 평안도인 노인네는 전쟁 때 혼잣몸으로 월남하여 자수성가한 라이프 스토리를 지닌 사람이다. 그저 흔한 이야기였다. 안 먹고 안 입고 안 썼던 시절들. 그로 인해 노인네는 서울 한복판에 빌딩 몇 개를 둔 상당한 재력가가 되었다. 역시나 흔한 이야기다.

전날, 공무원 시험을 준비하는 친구와 편입을 준비하는 동기들을 오랜만에 만났다. 그들은 만나서도 불안했는지 독서실 근처에서 마시자고 했다. 우리는 우리의 청춘이 독서실과 학원에서 소멸하는 것에 분노하고 한탄하며 머리꼭지까지 취해가고 있었다. 그렇게 마시고 들어왔을 때, 문을 열어 준 것은 뜻밖에도 노인 네였다.

"일하지 않는 놈은 처먹지도 말라우."

방으로 들어가려는 찰나, 내 뒤통수에 대고 노인네가 말했다. 그 말은 마치 포스트잇의 접착력처럼 가볍지만 의외로 단단하게 내 뒤꼭지에 붙었다.

"예전부터 정말 궁금한 게 있는데요. 하느님은 백수를 무슨 요일에 만드셨을까요?"

고해성사를 하는 순간처럼 노인네와 나는 서로를 외면한 채 허공을 응시하고 있었다.

"고 아새끼래, 중요한 건 널 만든 게 내가 아니라는 기야."

가장 중요한 교리를 남겨 놓고 노인네는 엄마가 있는 방 안으로 사라져 버렸다.

말씀을 전한 후, 엄마는 내 양손에 쓰레기봉지를 들려주었다. 재활용 수거 날인 것이다. 벌써 월요일인가? 엘리베이터를 기다리는 동안 복도에 난 창으로 여자의 모습이 비쳤다. 트레이닝복 차림에 쓰레기봉지를 들고 산발을 한 여자. 문득, '몇 호 아줌마지?' 하는 무의식의 자동적 의문과 '설마, 나야?'라는 의식의 절망적 의구가 동시에 엇갈리는 순간, 엘리베이터 문이 스르륵 열렸다. 출근길 회사원과 학생들의 시선이 일시에 쏠리면서 모든 눈이 나를 재촉하고 있었다. 문이 닫히려는 순간 나는 비집고 들어갔다. 5, 4, 3, 2, 1 모두 출발선의 대기 선수들처럼 당장이라도 튀어 나갈 태세로 엘리베이터의 숫자판을 숨죽이고 주시한다.

문이 열리고 사람들이 우르르 내렸다. 오랫동안 철가면을 쓰고 지냈던 것처럼 아침 햇살에 눈이 부셨다. 경쾌한 발걸음, 활기찬 공기. 어딘가를 향해 부지런히 가는 사람들. 출근길의 촉박함과 긴장의 시간, 터질 듯한 러시아워. 문득, 그들의 목적지가 부러웠다. 재활용 쓰레기통에 봉지를 넣으며 쓰레기도 부러웠다. 나는 활용도 못 해본 것이다. 슬리퍼 속 발가락들이 하얗게 질려갔다.

집으로 뛰어들어가 옷을 갈아입고 나왔다. 뒷전으로 어디 가냐는 엄마의 목소리가 들렸다. 목적지가 어딘지는 나도 모른다. 그저 그들의 행렬에 끼고 싶을 뿐이다. 한발로 겨우 지탱하고 서 있는 만원 지하철 안에서 나는 더 이상 혼자가 아니다. 나는 투피스를 차려입은 능력 있는 커리어우먼, 힐을 신은 도도한 오피스걸이다. 여기 내 동료들과 함께 나는 치열한 일터로 가는 중이었다. 나는 혼자가 아니다.

그러나 전철의 개찰구를 통과하는 순간 그들은 각자의 조직으로 뿔뿔이 흩어졌다. 일시적인 소속감은 공기 중으로 증발하고 나는 어디에도 흡수되지 못한 채 둥둥 떠 있다. 이 넓은 도시와 이 높은 빌딩들 속에 나를 기다리는 책상은 없었다.

길가 벤치에 오도카니 앉아 행인들을 무심히 바라보았다. 눈앞으로 스크린이 켜진다. 직장인1, 부스스한 머리와 아직 잠이 덜 걷힌 얼굴. 짜증과 함께 간밤의 숙취가 남아있다. 직장인2, 비대칭적인 양쪽 어깨. 가방을 맨 왼쪽 어깨가 오른쪽 어깨에 비해 2cm 올라가있다. 샐러리맨의 후천적 진화를 보여준다. 직장인3, 베이지색 울코트에 검은색 모직스커트, 그 아래로 올이 나간 커피색 스타킹. 그들의 발걸음은 단호하다. 망설임이나 주춤거림 없이 일터로 향한다. 각자 맡은 바 역할에 충실하다.

내 역할로는 백수가 주어졌다. 좌절과 의기소침을 적절히 배합한 표정을 연기해야 한다. 여기에 외로움을 조금 가미한다. 그러나 눈물을 떨어뜨리거나 얼굴을 두 손에 묻어서는 안 된다. 자칫 신파로 보일 수 있으니까. 요즘의 트렌드는 내면 연기다. 그러고 보니 모두 안으로 삭이는 표정 연기가 일품이었다.

그제야 간밤의 숙취와 함께 허기가 몰려왔다. 지갑에는 1000원짜리 두 장이 들어있다. 강을 건너왔기 때문에 2000원으로는 라면 하나 사 먹지 못할 것이다. 더 큰 허기가 밀려오는 순간, 멀리 광활한 인도 한가운데 광개토대왕비처럼 우뚝 솟아 있는 한 아줌마가 눈에 들어왔다. 빨간색 아이스박스를 옆에 두고 뭔가를 부지런히 건네고 있는 손에는 은색의 반짝이는 막대기가 들려있었다.

흡사 그것은 바통처럼 보였다. 릴레이 경주에서 앞주자가 다음 주자에게 넘겨주는 바통. 출근길 사람들은 저마다 그 바통을 하나씩 쥐고 있었다. 스타트라인에서 바통을 받고 달리는 선수들. 저걸 받게 되면 나도 뛸 수 있을까, 내게도 목적지가 생길까. 아이스박스에 다가가 1000원을 내고 바통 하나를 받았다. 은박지를 벗겨 한 조각을 집는다. 따듯한 기운이 입안에 퍼졌다.

아이스박스를 힘겹게 들고 유화의 자취방으로 올라
가며 차나 한 대 있었으면, 하는 말이 절로 나왔다. 하
지만 지금 상황은 차는커녕 오갈 데도 없이 유화에게
얹혀사는 신세다. 노인네의 말씀이 있었던 날, 그러니
까 출근놀이 첫날 나는 짐을 싸서 집을 나왔다. 애초에
같이 사는 게 아니었다. 엄마는 담담한 표정으로 어디
로 가든 연락하라며 아파트 단지 앞까지 배웅했다.

때맞춰 유화는 사직서를 냈고 우리는 동업을 시작
했다. 어차피 새 직장을 구하기 전까지 할 일도 없고
돈도 없었다. 며칠 동안 출근놀이를 하며 시장조사를
했다. 사무실 밀집지역과 교통사고 다발구역, 입지 내
동종업종 분포, 유동인구의 흐름, 주위 상권의 아이템
분석과는 무관하게 지하철 출구 앞에서 팔기로 했다.
다들 그렇게 하고 있었기 때문이다.

처음 며칠은 아무리 빨리 나온다고 나와도 늘 꼴찌
였다. 모두 어느새 나와 한자리씩 차지하고 있었다. 도
대체 몇 시에 나오는 거예요? 5시 반이요. 부산총각과
그렇게 해서 처음으로 말을 트게 되었다. 그 안에서도

경쟁이 심했다. 아이템이 겹치는 것은 상도에 어긋났고 다른 사람의 자리를 침입하는 것은 생명이 어긋날 만한 일이었다.

우리의 경쟁력은 공장에서 떼어온 것이 아닌 집에서 싼 웰빙 김밥이라는 것과 그래서 1000원이 아닌 2000원이라는 가격 차이에 있었다. 비싼 동네일수록 고가 전략과 유기농과 같은 웰빙 식품이 먹힌다는 유화의 예측이 맞은 셈이다. 자고로 땅값과 물가는 비례하는 법이니까. 노동력과 시간이 훨씬 많이 투입되지만 받아온 김밥이 재고로 남아서 손해 보는 것까지 고려하자면 오히려 남는 장사였다.

궁상이라며 깨작깨작 돕는 시늉만 하던 유화는 자꾸만 터지는 내 김밥의 옆구리를 보더니 답답해 죽겠다는 듯, 김밥 발을 획 낚아챘다. 뭘 제대로 하는 게 없다는, 어디서 많이 들어본 말과 함께였다. 그러더니 정말 획획, 김밥을 야무지게 말아냈다. 일회용 장갑 속, 참기름 묻은 빨간 매니큐어가 반짝반짝 빛났다.

"이거 어떡하지?"
유화가 아이스박스를 가리키며 말했다. 세끼를 모

두 김밥으로 때워도 며칠은 먹을 분량이다.

"지긋지긋해, 김밥. 정말이지 냄새도 맡기 싫다니까."

유화가 넌더리를 내며 말했다.

"그래도 먹어치워야지."

"넌 우리 엄마랑 어쩜 말투가 그렇게 똑같니? 이것도 먹어치우고 저것도 먹어치워라. 내가 무슨 쓰레기통이야? 먹어치우게?"

유화가 예쁜 얼굴에 주름을 만들며 인상을 썼다.

그래도 먹어야 한다. 튀겨먹든 삶아먹든. 얼렸다가 볶음밥을 해먹든 먹어야 한다. 그래야 산다. 하지만 유화는 아무것도 먹지 않고 나갔다. 애인이 연락 두절 상태라 신경이 날카로웠다.

김밥을 팔고 들어오면 우리는 이력서를 내거나 면접을 보러 다녔다. 이력서를 얼마나 많이 뿌리고 다녔는지 때론 서울 시민의 절반은 나를 알 것 같았다. 길을 걷다 마주 오는 사람의 시선이 조금이라도 내 얼굴에 오래 머무르면 가슴이 철렁 내려앉았다. 혹시 면접관이었나? 아니면 학원 원장? 내 나이와 출생지와 학력 그리고 흐지부지한 경력이 기록된 종이 한 장은 인터넷 취업 포털사이트 어디에서나 발견할 수 있다. 비범하지도 특출하지도 않은 수수한 인생의 이력들이 거기 있었다.

김밥을 싸고 남았던 재료들을 가지고 찬을 만들어놓고 유화를 기다렸다. 이력서를 제출한 곳에서는 연락이 없었다. 더 이상 면접 볼 곳도 없었다. 휴대전화는 울리지 않고 나는 갈 곳이 없다. 이메일을 열어보니 이력서를 제출했던 기업에서 답장이 와 있었다. 신중히 검토한 바, 귀하는 저희와 뜻이 달라 불가피하게 탈락하였습니다. 함께 일하지 못한 것을 유감스럽게 생각한다는 친절한 낙방 문구였다. 역시 대기업은 뭐가 달라도 다르다. 어제 면접을 본 여행사에서도 연락이 없다. 영세한 규모의 여행사라 박봉을 각오하고 본 것이었는데 뜻밖에도 떨어졌다. 물론 면접에서 약간의 문제가 있긴 했다.

"해외여행 가본 적 있습니까?"

근엄한 표정의 면접관이 물었다.

"아니요."

"그럼 27년 동안 줄곧 한국에서 지냈습니까?"

"네."

"제주도도 안 가봤습니까?"

믿기지 않는다는 듯 재차 물어오는 면접관의 표정이 점점 조롱으로 바뀌고 있었다.

"앞으로 가볼 생각입니다."

바야흐로 글로벌 시대에 이런 미개인이 있다니. 놀라는 눈치다. 하지만 나는 마인드만은 국제적이라는 것을 알아줬으면 싶었다.

"어느 나라를 가보고 싶습니까?"

세상은 넓고 나라는 많다는데 가고 싶은 곳이야 많다. 단지, 어디를 갈 수 있느냐가 문제다. 면접관은 안경을 벗고 거무튀튀한 얼굴을 두 손으로 비비며 마른 세수를 했다. 저 태도는 뭘 의미하는 걸까? 이미 물 건너갔으니 빨리 끝내자는 건가, 아니면 붙여는 주되 형식적인 질문 하나는 해야겠다는 뜻일까. 분위기 파악이 안 되자 나는 초조해졌다. 그리스, 그리스를 가보고 싶습니다.

"오호, 그리스? 왜죠?"

안경을 고쳐 쓴 면접관이 나를 지그시 바라봤다.

"그리스 로마 신화를 감명 깊게 읽었거든요."

대답이 끝남과 동시에 면접관이 하하핫 하고 웃기

시작하자 우리의 대화를 내심 듣고 있던 사무실 직원들의 웃음소리가 여기저기서 킥킥 들려왔다. 내 대답이 그렇게 우스운가. 나는 귓불까지 빨개졌을 내 얼굴이 보이는 듯했다. 그리스의 수도는 어디죠? 웃음을 거둔 면접관이 서류를 챙기면서 지나가듯 물었다. 마지막 질문이었다. 하지만 대답할 수 없는 질문이었다. 나는 그리스 수도를 모른다. 희랍비극에 관해서 물어본다면 자신 있게 대답할 수 있는데.

"연락드리겠습니다."

우물거리는 나를 두고 면접관은 미련 없이 일어났다. 나도 따라 엉거주춤 일어섰다. 들어갈 때는 작다고 생각했던 사무실이 굉장히 넓게 느껴지면서 입구까지의 거리가 한없이 멀어 보였다. 파티션 속에서 숨어있던 직원들이 하나둘 고개를 들어 나를 쳐다보았다. 덕분에 아주 유쾌했다는 듯. 이래 봬도 치열한 경쟁률을 뚫고 여기 있다는 표정으로. 나도 당신들이 한없이 부럽다는 표정으로 응답을 하자 그들은 흡족한 미소를 지으며 다시 파티션 속으로 하나둘 사라졌다.

왜 하필 그리스라고 했을까? 왜 하필 그리스였지? 아는 사람도 없는데. 아니다. 그 면접관은 처음부터 나를 채용할 생각이 없었다. 아래에서 위를 훑는 눈빛에서 정장을 드라이클리닝 하지 않은 것을 후회했다. 올이 나간 스타킹을 다시 신은 것을, 토익 공부를 좀 더 열심히 하지 않은 것을, 결정적으로 해외여행을 다녀오지 않은 것을 후회했다.

유화는 부은 눈을 껌벅이며 볼이 미어지게 김밥을 꾸역꾸역 먹어댔다. 마치 세상에 복수하는 방법은 이것뿐이라는 듯. 이번 연애에도 종말의 시간이 다가오는 것이다.

유화의 모든 사랑은 언제나 운명적으로 찾아와 운명적으로 대단원의 막을 내렸다. 그때마다 유화는 고대 희랍비극의 여주인공처럼 비통해했다. 그 연애들은 드라마틱하고 역동적인 전개 구조를 가졌되 하나같이 17세기 몰리에르 극작 양식의 답습처럼 느껴졌다. 주인공의 이름과 직업만이 다를 뿐 모두 똑같은 레퍼토리의 연장선이었다. 어떻게 매양 똑같은 레퍼토리에 매번 불같이 달려들 수 있는지. 유화는 마치 지능 낮은 부나방처럼 보였다. 그러나 곧 불꽃이 사그라진 자리에서 새로 태어나는 불사조이기도 했다. 며칠이면 툭

툭 털고 언제 그랬냐는 듯 다시 깔깔댈 것이다.

그에 반해 나는 왜 하나의 김밥에도 열중하지 못하는지, 매번 옆구리가 터졌다. 한 손에 김밥을 횃불처럼 든 유화가 드디어 입을 열었다.

"개새끼."

막이 오르고 드디어 비탄에 젖은 여주인공 등장. 장엄한 대사가 시작된다.

"죽여버릴 거야."

복수심에 타오르는 형형한 눈빛이 마치 클뤼타이메스트라처럼 보인다. 유추하건대 이번 스토리는 아가멤논이군.

"두고 봐. 이 연놈들."

이를 갈며 다짐하는 클뤼타이메스트라. 아가멤논과 카산드라의 불륜 행각을 목격이라도 한 듯 저주를 퍼붓는다.

네 줄째 마지막 김밥을 입속에 쑤셔넣을 때까지 저주는 계속됐다. 내가 보고만 있을 줄 알아? 내가 당하고만 있을 줄 알아? 이 잡것들. 다 죽여버릴 거야. 날물로 봤다 이거지. 망할 년. 갈기갈기 찢어버릴 거야. 나쁜 새끼, 개자식, 지가 어떻게 나한테 이럴 수가 있어. 응? 어떻게 나한테……

　다섯 줄째 김밥의 첫 조각이 들어가는 순간 클뤼타이메스트라는 그 자리에서 김밥 네 줄을 도로 쏟아 놓았다. 시큼하고 불그죽죽한 토사물이 식도를 타고 천천히 역행했다. 냄새만 아니었다면 그건 흡사 채소죽처럼 보였다. 쌀밥의 흰 바탕에 흩뿌려진 당근과 오이와 단무지는 삼색을 내며 골고루 으깨져 있었는데 김으로 인해 전체적으로 명도가 낮았다. 불규칙한 무늬를 가진 이 색채는 언젠가 아가멤논이 클뤼타이메스트라의 목에 둘러주던 베르사체 스카프 같기도 했고 아가멤논과의 만찬 때 입었던 크리스찬 디올의 아방가르드풍 원피스 같기도 했다. 혹은 그와의 잠자리에서 입었던 와코루 란제리였거나 그의 목덜미에 붉은 낙인을 남겼을 랑콤 립스틱 색이었다.

　그 모든 것을 게워내고 우리의 여왕은 눈물과 콧물로 범벅된 얼굴을 들었다. 이미 그 자리엔 복수심에 이글거리던 눈빛은 사라지고 허망함이 깃들어 있다. 가엾은 클뤼타이메스트라. 신은 당신에게 어떤 고난을 주었소? 떠듬떠듬 입을 떼기 시작한 그녀의 이야기를 정리해 보자면 대충 이렇다.

클뤼타이메스트라와 아가멤논은 사내 커플이었다. 그들은 여느 사내 커플들이 그렇듯 당사자끼리만 비공식인 공식 커플이었고 이듬해 결혼을 약속한 사이였다. 그러던 어느 날 평화롭던 S기업 신용정보부에 음산한 기운이 감돌며 불길한 소문이 퍼졌다. 그들 중 한 명이 정리해고될 것이라는 신탁이 그들의 상관인 카산드라에 의해 예언된 것이다. 인턴에서 정사원이 되는 과정에서 탈락하는 인원이었다. 그 비극의 주인공이 내가 아니길. 운명의 여신 눈길에서 비껴가기를. 모두 불안에 떨며 자신들의 운명에 점을 쳤다. 물론 클뤼타이메스트라와 아가멤논도 두렵기는 마찬가지였으나 둘은 서로의 손을 꼬옥 잡고 운명의 소용돌이 속에서 사랑의 힘으로 맞서겠다고 다짐했다.

한편, 평소 아가멤논에게 마음이 있던 예언자 카산드라는 달이 휘영청 밝은 어느 밤 그를 몰래 불러내어 그 신탁의 주인공이 누군지 자신은 봤다고 말한다.

"바로 당신이야, 유감스럽게도."

절망과 공포의 도가니에 빠지는 아가멤논. 오, 신이시여. 왜 내게 이런 고난을 주시나이까. 하지만 전혀 방법이 없는 것도 아니지. 카산드라가 유혹의 눈빛을 띠며 말을 꺼냈다. 제물을 바치면 돼. 제물에 당신 운명의 덫을 씌우라고. 그리고 망각의 강 너머로 멀리멀리 보내는 거지.

제물이라면? 아가멤논이 눈을 반짝이며 물었다. 너를 위해 뭐든 바칠 사람이 있잖아? 너의 여자. 은밀하게 속삭여오는 카산드라의 목소리. 클뤼타이메스트라? 내가 어떻게 그녀에게 그런 짓을. 아가멤논이 깜짝 놀라며 말했다.

"인간이 어떻게 그런 짓을 합니까?"

"인간이니까 할 수 있는 짓이다. 그리고 잊어. 내가 너에게 더 큰 행복을 줄 테니."

그리하여 아가멤논은 카산드라의 사주로 클뤼타이메스트라를 설득하기 시작한다. 어차피 우리 결혼할 거잖아. 그때 되면 어쩔 수 없이 그만둘 건데 뭐. 지금 그만두나 그때 그만두나 그게 그거잖아? 나 결혼해서도 직장 다닐 건데? 약간 불만스러운 어조로 그녀가 말했다. 아이는 안 낳을 거야? 아가멤논이 버럭 소리를 지르는 바람에 클뤼타이메스트라는 기가 죽는다. 네가 희생 좀 해야겠다. 다독이는 그의 눈빛을 보면서 클뤼타이메스트라는 그게 더 현명한 선택일 거라는 결론에 이른다. 그리고 과감히 제물대에 올라선 것이다.

그 후로는 뻔한 이야기. 제물의 희생으로 인해 다시금 평화가 깃든 신용정보부 직원들은 옹기종기 사이좋게 일을 하고 아기자기하게 농담을 했으며 오순도순 모여앉아 회식도 하면서 영원히 행복하게 잘 살았습니다. 끝. 참, 예언자 카산드라와 아가멤논의 결혼이 성대하게 치러질 예정이라는군요. 정말 끝.

이번 이야기는 대서사시인 만큼 스펙터클했다. 원작대로라면 아가멤논과 카산드라는 클뤼타이메스트라의 복수의 칼에 죽는다. 나는 토사물을 치우며 유화가 이대로 칼을 빼 들고 나가는 건 아닌가 걱정스러웠다. 치정극이 아무리 유행을 타지 않는다고는 하나 그건 고전이었다. 요즘은 고전이 먹히질 않는다.

모든 것을 다 게워내고 힘이 빠진 유화는 그 자리에 푹 쓰러져 잠이 들었다. 눈물로 인해 얼룩덜룩 화장이 지워진 유화의 얼굴을 보고 있자니 문득, 아가멤논의 작가가 남긴 말이 떠올랐다. 세상은 쓰러진 자일수록 더 세게 걷어차는 법이다.

바통을 하나 꺼내 든다. 아이스박스 안에는 은색의

반짝이는 바통들이 촘촘히 쌓여 있다. 전철이 도착했는지 한 무리의 넥타이와 하이힐이 쏟아져 내렸다. 저기 3m 앞에서 넥타이 하나가 1000원짜리 지폐를 손에 쥐고 나를 향해 달려오고 있다. 그를 선두로 연신 시계를 보며 앞서거니 뒤서거니 뛰는 선수들. 그들을 보고 있자니 마치 마라톤의 현장에 서 있는 기분이다.

나는 바통을 기다리는 이어달리기 선수처럼 손에서 땀이 난다. 2m, 그의 손에서 팔랑거리는 1000원을 노려보며 나는 허벅지에 힘을 준다. 1.5m, 시선은 전방에 고정한 채 몸을 45도 각도로 튼다. 1m, 넥타이의 힘껏 뻗은 손과 내 손이 공중에서 엇갈리며 바통과 지폐를 빼앗듯 교환한다. 그리고 그는 계속 달린다. 나는 남아있다.

나는 바통을 이어받을 선수가 아니라 선수들에게 물통을 쥐여주는 들러리 역할이었음을 잊고 있었다. 잔뜩 긴장했던 다리에 힘이 풀린다. 저 멀리 또 한 무리의 선수가 한 손에 1000원짜리 지폐를 쥐고 나를 향해 달려온다. 그들은 물통을 낚아채듯 내 손에서 바통을 받아 잡고 다시 전속력으로 질주할 것이다.

9시를 향해 시곗바늘이 달려가고 있었다. 장사의 피

크 시간이다. 유화도 맞은편에서 양손에 바통을 들고 서 있다. 답답한지 마스크를 벗자 새빨간 립스틱을 바른 입술이 드러난다. 풋, 웃음이 나왔다. 샤넬의 복고풍 선글라스에 역시나 샤넬의 것일 빨간 립스틱을 바른 채 바통을 쥐고 있는 유화의 모습은 괴괴하기 짝이 없다. 분노, 복수, 절망, 슬픔이 어우러져 하드보일드한 비장미를 자아냈다.

8시 45분. 늘 같은 시간에 이 길을 지나가는 저 남자. 상쾌한 표정과 경쾌한 발걸음으로 그의 얼굴은 자신감에 차 있다. 한 손엔 뉴스위크나 타임인 듯한 시사 잡지를 들고 또 한 손엔 김이 모락모락 나는 테이크아웃 커피를 든 채 큰 보폭으로 성큼성큼 지나가는 그에게서 아메리카노 커피 향이 풍겼다. 때로는 무선 이어폰을 귀에 꽂은 채 팝송을 흥얼거리기도 했다. 저 서류 가방 속에는 뭐가 들었을까.

엄마의 말이 떠오른다. 여자 팔자 뒤웅박 팔자랬다. 남자를 잘 만나야 해. 능력 있는 남자 하나 물면 평생이 편하다. 살 좀 빼. 미용실 가서 머리도 하고 피부 관리도 받고 그래라, 젊은 애가 그게 뭐니? 그러면서 주머니에 지폐 몇 장을 찔러 주는 엄마.

엄마는 나를 바비 인형으로 만들려 한다. 예쁘고 탐스러운, 그래서 잘 팔리는 팔등신의 바비. 저 남자랑 결혼하면 나는 김밥을 팔지 않아도 될까. 이력서를 들고 낯선 동네를 헤매지 않아도 될까. 유화의 구두를 빌려 신고 나가지 않아도 되고 면접관 앞에서 떨 일도 없어지는 걸까. 저 남자들, 저 넥타이 부대 중 하나를 물게 되면…….

하지만 엄마, 그건 엄마 세대에서 끝난 장사걸요. 엄마는 왜 남자 바비는 수집하지 않는 걸까. 외로운 바비. 마스크 속에서 내쉰 한숨 때문에 안경에 김이 서렸다.

어릴 적 아버지가 나에게 사준 마론인형은 바비가 아닌 미미였다. 엄마와 헤어지던 날, 아빠는 내게 미미를 안기고 떠났다. 유리 상자에 든 콜렉트용 바비는 어린 내 손이 닿지 않는 아주 높은 곳에 있었다. 하늘하늘한 나비 날개 같은 옷을 입고 새침한 표정으로 나를 내려다보던 바비들. 나는 그 앞에서 늘 주눅이 들었다.

이목구비가 뚜렷하고 갸름한 바비에 비해 국산 인형 미미의 얼굴은 둥글넓적했다. 유리장 안에서 미소만 짓고 있는 바비는 왠지 외로워 보였다. 그에 비해 미미는 활동적이었다. 나와 함께 목욕했고 산책을 했으며 낮잠을 잤다.

하지만 엄마는 그런 싸구려 인형을 사준 아버지의 몰 취향을 마지막까지 무시했다. 왜냐하면 엄마의 첫 마론인형은 미미가 아니었기 때문이다.

어린 시절, 일본에서 온 친척이 귀국 선물로 준 것이 엄마의 첫 바비였다고 했다. 엄마가 일본 할머니라 불렀던 그분은 친척 중 유일하게 부유했고 자녀가 없었다. 바비가 늙으면 그럴까. 화려하고 아주 귀티가 나는 분이었지. 엄마는 종종 일본 할머니를 떠올렸다. 엄마는 그 할머니를 따라가고 싶었지만 할머니의 눈은 친절하게 웃으며 뭐랄까, 이렇게 말하고 있었다고 했다. 얘야, 우리는 여기까지. 그 후 엄마는 용돈을 모아 바비를 수집하기 시작했다. 좁은 집 복닥이는 가족들 틈에서 엄마는 세련되고 부티 나는 여성인 바비를 꿈꿨다.

엄마는 얼마짜리 바비일까. 노인네가 구매한 '엘레강스 바비' 혹은 '럭셔리 바비'. 아니, 엄마는 바통 같았다. 첫 번째 남편에게서 두 번째 남편에게로 그리고 지금의 노인네에게로 그 주자가 옮겨지는 바통. 그리고 엄마는 그 삶을 내게 바통처럼 넘겨주려 한다. 이 아이들, 나 죽으면 모두 네 거다.

나는 바비 따위 관심 없다. 나는 바비도 바통도 아
닌 주자가 되고 싶었다. 스타트라인을 박차고 비상하
듯 질주하는 선수. 괜찮다. 직장은 없어도 직업은 가질
수 있으니까. 내가 나를 고용하면 된다. 1인 기업이라
는 말, 멋져 보였다.

엄마가 죽으면 바비를 중고시장에 모두 팔아버린
후 그 돈으로 작은 오피스텔을 하나 얻을 생각이다. 소
형차 한 대 살 돈이 남을까? 트럭이 좋겠다. 어묵 장사
를 하자. 부산처녀가 되어 하루에 잠을 두 번으로 쪼개
어 자며 돈을 버는 거다. 그리고 몇 년 후엔 작은 점포
를 내고 장사가 잘되기만 한다면 체인 사업을 할 수도
있겠지. 전국적으로 체인망을 구축해서 체계적인 관리
에 들어가면 연 매출……

그때였다. 순간적으로 눈앞이 번쩍이면서 뒤통수에
엄청난 충격이 느껴졌다. 이어 들려오는 괴성.

"도대체 몇 번을 말해, 이년들아. 여기서 장사하지
말랬지."

그 자리엔 토스트 아줌마가 씩씩대면서 서 있었다.
이 아줌마가 새삼스럽게 왜 이러나.

"여기가 아줌마 땅이에요? 서초구에서 아줌마만 장사하라고 허가 내줬어요?"

"상도라는 게 있는 법이야. 누구 밥줄 끊어 놓으려고 그래? 저쪽으로 가라고 몇 번을 말해, 이년아."

"언제 봤다고 이년 저년이에요? 내가 아줌마 딸이에요? 내가 그렇게 우습게 보여요?"

맞은 건 난데 아줌마랑 붙은 건 유화였다. 한 무리의 넥타이 부대가 출근 시간이 촉박해서 아쉽다는 듯 흘끔거리며 지나갔다. 토스트 아줌마 아들이 1차 시험에서 떨어졌다는 얘기를 들은 것도 같았다. 벌써 세 번째였다. 그리고 여자랑 동거에 들어갔다나 뭐라나. 늘 그렇듯 뻔한 이야기였다.

"안경 벗어, 이년아. 장님이여 뭐여. 맨날 시커먼 안경을 처쓰고 자빠졌어. 그러니까 뵈는 게 없지."

그 말이 끝나기도 전에 유화가 선글라스를 벗어던졌다. 그리곤 잘 만났다는 듯, 아줌마를 향해 돌진했다. 어깨를 미는 것부터 시작해서 서로의 모발을 움켜쥐고 뒹굴기까지의 액션이 눈 깜짝할 사이에 벌어졌다.

"아이고, 아지매요, 와 이러십니꺼."

부산총각이 달려와 아줌마를 떼어냈다. 나도 유화

의 허리를 부둥켜안았다.

"젊은것들이 할 일이 그렇게 없어? 늙은이들 밥줄이나 뺏고 말이야."

머리는 산발이 된 채 씩씩거리는 유화의 눈에 어린 독기가 물기로 변하고 있었다. 여기서 울면 안 돼. 유화와 나는 손을 꼭 잡았다. 그 찰나, 아줌마는 소리지르는 것만으로는 성에 안 찬다는 듯 아이스박스를 발로 힘껏 걷어찼다. 그러자 아이스박스 안에 남아있던 김밥들이 계단을 타고 우르르르 굴러떨어졌다. 수십 개의 바통이 굴러가는 모습은 보기에도 장관이었다. 그리고 미처 손쓸 틈 없이 때맞춰 계단에 오르는 사람들의 발길에 차이고 밟혀서 터지고 뭉그러졌다.

유화는 꾹 참고 있던 눈물을 툭, 떨어트렸다. 김밥들은 이미 포일에서 나와 김과 밥이 분리되고 단무지와 햄은 튀어 나갔고 시금치와 당근은 널브러진 채 바닥에 붙어 이미 제 형상을 잃어갔다.

나의 은빛 바통들. 싱싱한 재료를 위해 새벽시장에서 장을 봐 싸온 김밥이었다. 커다란 양푼에 담긴 흰쌀밥에 손을 묻고 있으면 얼었던 손이 따뜻해졌다. 아줌마는 모른다. 이 시대 젊은것들이 할 수 있는 일이 얼마나 없는지. 콧등이 시큰하면서 콧물이 났다. 눈물이 아니라서 다행이었다.

사람들이 지나간 후 우리는 쪼그리고 앉아 김밥의 잔해들을 묵묵히 주워 담았다. 유화는 고양이처럼 등을 구부렸다. 김밥의 희생으로 사태는 진정되었고 남은 건 우리뿐이었다. 음식 쓰레기가 되어버린 바통을 보고 있자니 뒤에서 인기척이 느껴졌다. 부산총각이었다. 한 손에는 빗자루를 들고 있었다. 그는 우리에게 비키라는 시늉을 했다. 그리고 유화의 손에 한쪽 알이 빠진 선글라스를 쥐여 주었다. 빗자루를 잡고 있는 그의 손등에 튀어나온 힘줄이 보였다.

비질하는 부산총각의 등 너머로 또 한 무리의 직장인들이 달려오고 있다. 시계를 보며 큰 보폭으로 성큼성큼 다가오는 저들. 바통을 쥐고서 결승점을 향해 달려가는 저들. 어쩌면 저들도 출근놀이 중이 아닐까. 그게 요즘 유행이니까.

집주인은 우리에게 계약서를 내밀었다.

"이 항목은 뭐죠?"

제일 마지막 줄에 이렇게 쓰여 있었다.

'육아금지'

"적혀 있는 그대로예요."

육아금지라고 쓰여 있었지만 출산금지로 읽혔다.

판다가 부러워

10월 가을비

퇴근하자마자 헐레벌떡 뛰어온 보람도 없이 누군가 선수를 쳤다. 역시나 물건은 보지도 못했다. 매번 이렇게 허탕을 치자 최사장도 미안해서 어쩔 줄 몰랐다.

"내 30년 부동산 경력에 이런 전세대란은 또 처음 봐요. 물건이 없어, 물건이."

상체를 앞으로 숙이며 누가 들을세라 최사장은 목소리를 낮춰 말했다. 별 얘기 아닌데도 마치 이건 일급비밀이라는 듯 말하는 건 난처할 때마다 나오는 그의 습관이다. 이런 습관까지 알게 될 만큼 최근 들어 나는 이곳에 매일 들렀다. 회사에서 퇴근해 부동산으로 다시 출근하는 기분이었다.

최악의 전세대란이었다. 집이란 게 샌드위치나 생크림케이크처럼 당일 생산 당일 판매하는 신선식품이었나. 아침에 나온 물건은 저녁이 되기 전에 나갔다. 당혹스럽게도 돈과 시간이 많은 자가 승리하는 이상한 레이싱에 참가한 느낌이었다.

집에 도착해 화장실에 가보니 팬티에 피가 묻어 있다.

"설상가상이군."

기운이 빠졌다. 이번 달 또한 집도 못 구하고 애도 못 구했다. 게다가 가출한 포포는 몇 주째 소식도 없다. 이건 뭐 되는 일이 하나도 없는 달이었다. 이러다 크리스마스 맞춰 길바닥에 나앉는 건 아닌지 몰라. 매일 남편과 근심에 싸였다. 집을 비워줘야 하는 날짜가 점점 다가왔다. 5150세대라는 이 일대에서 가장 큰 아파트 단지에서 우리 집 한 칸이 없다니. 허겁지겁 달려오고 있을 남편에게 물 건너갔으니 집으로 오라는 문자를 보냈다. 그것 말고도 물 건너간 게 더 있다는 말을 쓰려다가 휴대전화를 도로 주머니에 넣었다. 남편의 실망하는 눈빛이 눈에 선했다. 겉으로는 아니라고 했지만 눈빛까지 속일 정도로 치밀한 사람은 아니다. 추적추적, 며칠째 가을비가 내리고 있었다.

난임의 세계에 눈을 뜬 건 결혼한 지 1년 하고도 6 개월이 되어갈 때다. 연애 기간까지 합쳐 3년이 넘는 기간 동안 피임 없이 자유로운 성생활을 즐겨온 우리 는 의혹과 더불어 당혹스러워지기 시작했다. 피임을 하지 않은 상태에서 1년 이상 자연적으로 임신이 되지 않는 경우, 의료계에서는 난임 판정을 내리기 때문이 다. 그제야 부랴부랴 병원에 가서 이런저런 검사를 해 보았으나 둘 다 정상. 우리는 원인 불명의 난임 부부로 분류되었다.

그 후 좋다고 하는 음식은 다 챙겨 먹었다. 남편은 남자에게 좋다는 복분자즙과 부추즙, 산수유를, 나는 양파즙, 엽산, 종합영양제, 생강을. 누군가는 곰국을 장복했다 하고 또 누군가는 직접 잡은 미꾸라지로 만 든 추어탕이 좋다고 하고 어떤 사람은 생전복을 끼니 때마다 남편과 같이 먹었다고 했다.

인터넷 카페 '아기 천사를 기다리는 맘들의 모임' 속 칭 '아기맘'에 모든 정보가 다 나와있었다. 카페의 엄 청난 회원 수를 보며 난임으로 고통받는 사람들이 꽤 많다는 것을 알게 되었다. 아기맘의 정회원이 되어 카페 활동을 열심히 했다. 정보교류와 정서교감을 통해 얻은 것은 따뜻한 위로와 더불어 우울증이었다. 누군가 이번 달에 홍양[1]을 만났다고 하면 마치 자기가 피를 보기라도 한 양 다 함께 탄식했고 배란기 내내 숙제[2]를 달리느라 피곤하다고 하면 다 같이 파이팅을 외쳤다. 그렇게 배란과 수정, 착상과 유산, 한방과 양방 사이에서 여자들은 갈팡질팡했다.

나 또한 배란유도제를 복용한 후 의사가 점지해준 날짜와 시간에 맞춰 남편과 열심히 숙제를 했으나 매번 임신테스트기에는 단호한 한 줄이 떴다. 친정에서 지어준 한약과 시댁에서 만들어준 생강차를 달고 살았고 임신에 좋다는 아쉬탕가 요가를 끊었으며 할머니 같다는 남편의 놀림에도 불구하고 꿋꿋이 배꼽까지 올라오는 누런 쑥 면팬티를 착용했지만 다 소용없었다. 그렇게 1년이 흘러 자연임신을 포기할 무렵 이미 우리보다 먼저 포기한 담당의가 인공수정을 권했고 다섯 달에 걸친 1차, 2차, 3차 시술이 모두 실패로 돌아간

1 수정에 실패해 생리를 하는 것을 일컫는 은어. 좀 더 격하게는 홍년이라고도 부른다.
2 배란일에 의무적으로 하는 성교를 일컫는 은어

지금 이번엔 시험관이라는 마지막 카드를 내밀었다.

"미야옹."

아파트 공동현관을 지나치려는 순간 선명한 고양이 울음소리가 들렸다. 주위를 둘러보니 아무도 없다. 이제 환청까지 들리나. 포포 네 이년, 뭐가 부족하다고 집을 나가니. 털 알레르기 때문에 포포를 가까이하지 않던 남편도 있다가 없으니 허전하다며 난생처음으로 관심을 보였다. 환기하느라 열어놓은 주방 창문을 통해 포포가 집을 나간 지 두 달이 지났다. 1층인 탓에 문만 열어 놓으면 얼마든지 나갈 수 있지만 포포는 그렇게 막돼먹은 아이가 아니었다. 교육 받은 개념냥이었다. 반쪽짜리 혈통이긴 하지만 나름대로 족보 있는 친칠라였다. 그런 녀석이 무슨 바람이 불었는지 집을 나갔다. 지가 밖에 나가서 춥고 배가 고파봐야 집 고마운 줄 알지, 싶다가도 이 엄동설한에 밥이나 먹고 다니는 건지, 노숙 한번 안 해본 아이인데 길고양이들한테 치여 왕따를 당하거나 배가 홀쭉해서 어디 추운 데 쓰러져 입이라도 돌아가 있는 건 아닌지 걱정에 자다가도 벌떡 일어났다. 그런 나를 보며 남편이 말했다.

"본능적으로 아주 잘살고 있을걸."

"포포는 여느 길냥이들과는 달라. 우리 아기는 집이 있고 밥그릇 물그릇이 있고 심지어 마약방석도 있는 집냥이거든. 비교는 사양할게."

남편은 입을 한 번 씰룩거리더니 방으로 들어가버렸다. 결혼 전 혼자 살 때부터 키우던 포포는 신혼집까지 어찌어찌 입성은 했지만 남편은 결코 가까이하지 않았다. 특히, 포포를 우리 아기라고 부르는 것을 싫어했다. 그때마다 자신이 미혼모와 결혼한 느낌이 든다며.

"미야옹."

이번엔 분명히 들었다. 작지만 포포 목소리였다.

"포포니? 어딨어? 포포야."

아파트 옆 화단의 앙상한 나뭇가지를 헤쳐 보았다. 어두워서 잘 보이지 않았다.

"미이우"

어서 자신을 찾아보라는 듯 포포가 길게 한 번 더 울었다.

"어딨어? 어서 나와. 엄마한테 와."

소리가 난 곳을 향해 가까이 다가가자 화단 앞 벤치가 나왔다. 포포는 벤치 아래에서 나를 올려다보고 있었다. 흰털이 비에 젖어 꼬질꼬질했지만 내 반려묘, 포포가 맞았다. 안도와 반가움에 울컥 감정이 복받쳤다.

"너 어디 있다 오는 거야. 엄마가 얼마나 찾았는지 알아?"

포포를 안아 올렸다. 녀석도 이런 내 마음을 아는지 손가락을 핥았다. 배가 고프다는 의미였다. 역시 춥고 배고프면 집 생각이 간절해지는 건 사람이나 동물이나 마찬가지였다. 포포는 하얀 바탕에 두 귀와 눈두덩만 검은색 털이다. 판다를 연상시키는 외모 덕에 애니메이션 '쿵푸팬더'의 주인공 포가 떠올랐다. 친구로부터 분양받은 새끼 고양이는 그렇게 포포가 되었다.

"살이 좀 찐 거 같다?"

포포가 집을 나갔을 때 시원섭섭해하던 남편은 돌아온 자신의 반려묘를 속깨나 썩이는 의붓자식 보듯 건너보며 말했다. 따뜻한 우유와 질 좋은 사료로 포식한 포포는 집이 최고라는 듯 마약방석에 드러누워 그루밍 중이었다.

"부은 거야."

쓰레기를 뒤져 끼니를 해결하는 길고양이들이 하나

같이 풍풍해 보이는 이유는 잘 먹고 다녀서가 아니라 염분이 높은 인간의 음식을 섭취해서다. 게다가 물도 제대로 못 먹는다.

"인간처럼 필요할 때마다 편의점에 들러 생수를 사 먹진 못하니까."

참, 생리대 산다는 걸 깜박했다. 남편에게 오늘 홍양을 봤다는 말을 못 했다. 그의 실망한 눈빛과 병원에 대한 독촉을 감당하기엔 오늘의 일과가 너무 피곤했다. 오늘 피를 보았으니 내일모레면 병원에 가야 하지만 담당의 마지막 카드를 두고 남편과 나는 의견이 달랐다. 남편은 빨리 낳고 빨리 키워야 우리 노후도 준비할 거 아니냐고 했고 나는 좀 더 기다려 보자고 했다.

"당신 마음가짐이 그러니까 애가 안 오는 거야."

남편이 앞서 걷는 사람의 신발 뒤축을 무심코 밟듯 내 상처를 툭, 건드렸다. 나는 길 한복판에서 벗겨진 내 신발 한 짝이 여러 사람의 발에 채서 나동그라지는 것을 보는 기분으로 말했다.

"그게 나만 노력해서 되는 문제야?"

분노에 잠긴 내 목소리에 남편이 고개를 들었다. 남편의 얼굴을 정면으로 바라봤다. 처음 만났을 때보다

이마가 조금 넓어지고 탄력 잃은 턱살이 중력에 의해 늘어졌을 뿐 그 사람이 맞는데, 가만 보니 눈 밑으로 다크서클이 진해졌다.

언젠가부터 배란 테스트기가 알려주는 날짜에 우리는 숙제를 못 했다. 남편은 피로가 누적된 것 같다며 등을 돌렸다. 남편의 앞으로 살짝 굽은 등이 온몸으로 피곤함을 말하고 있었다. 문득, 정민이 떠올랐다. 어제 회의가 끝나고 난 뒤 화장실에 가보니 동기 정민이 거울 앞에 멍하니 서 있었다.

"팀장이 찾던데."

손을 씻으면서 거울을 통해 표정을 살폈다. 넋이 나간 채 돌아오지 않았다. 어제도 밤을 새운 모양이었다. 하루하루가 전쟁이라고 했다. 임신부터 시작된 정민의 우울증은 아이가 돌을 앞둔 지금, 극에 달해 있었다. 그 앞에서 산후우울증이라는 단어를 썼다가 절교를 당할 뻔한 일이 있는 터라 대화를 할 때도 조심스러웠다.

"관두겠대."

정민이 독백을 하듯 읊조렸다. 시댁은 지방에 있고 친정엄마는 아버지 병간호로 꼼짝할 수 없는 상황에서 정민은 '입주 이모님'을 모시고 살았다.

"또? 월급 더 준다고 해."

"이미 내 월급이 이모 월급이야. 여기서 더 줄 거면 남편이 나더러 그만두래."

정민은 아이를 볼모로 시위를 하는 이모보다 남편에게 더 화가 난 것 같았다. 울분에 찬 정민의 옆모습은 그 전의에도 불구하고 지쳐 보였다. 동기들의 진급과 아이의 배밀이 사이에서 계속 저울질하다 문득 고개를 들어보면 어느새 민폐 인력이 되어 있더라는 이야기들. 그 후 따라붙는 '비정한 모성', '경단녀', '맘충'이라는 단어들.

"단지 엄마가 된 것뿐인데."

"넌 몰라, 이 나라의 육아 헬이 어떤 건지."

정민이 고개를 저었다. 턱까지 내려온 다크서클과 영영 돌아올 것 같지 않은 몸매, 푸석한 머릿결과 기름진 두피, 우울증으로 걸핏하면 눈물바람이 되는 허약한 멘탈. 젖을 빠는 아이를 보면 정말이지 껍데기만 남은 것 같다는 정민의 앞머리는 출산과 더불어 빠졌던 머리카락이 파릇한 잔디처럼 뾰족뾰족 솟아나는 중이었다. 극한의 전투를 치르고 난 숭고한 패잔병처럼 보였다.

"먼저 간다."

패잔병은 립스틱을 고쳐 바르고 또각또각 화장실을 나섰다. 정민의 뒷모습을 보며 실은, 나도 알고 싶었다. 육아 전장에 뛰어들어 온몸으로 구르고 뛰고 달리다가 부상을 입고 싶었다. 죽어도 좋으니 한 번이라도 제대로 싸우고 싶었다.

11월 첫눈

"이럴 수가."

부은 게 아니었다. 날이 갈수록 포포의 배는 완만하게 불러왔다. 포포는 신경이 날카로워져서 나를 보아도 애교를 부리지 않았고 만사가 귀찮다는 듯 드러눕기만 했다. 항상 도도한 20대 초반의 아가씨처럼 입이 짧아 깨작깨작 먹던 아이가 식탐은 또 왜 그리 늘었는지 개냥이가 되어 뭐든 환장을 하고 먹어치웠다. 웬 놈팡이와 눈이 맞아 배불러 온 금지옥엽 고명딸을 보는 아비의 심정으로 나는 포포의 변화를 망연히 바라볼 수밖에 없었다.

"진짜 포가 돼버렸어."

"포?"

남편이 육포를 말하는 거냐고 물었다.

"쿵푸팬더의 포 말이야. 쟤 좀 봐봐, 그냥 뚱뚱한 곰이라고."

내 말을 알아듣기라도 한 듯 포포는 네 발을 안으로 넣고 조신하게 앉았다. 애니메이션 토토로에 나오는 고양이버스 자세였다. 예전에는 저 자세를 하면 식빵 같다고 너무 귀엽다고 했는데 지금은 그냥 하나의 커다란 공 같았다. 발로 차버리고 싶은.

"진짜 판다는 말야, 생식기능이 거세된 거나 다름없대. 하긴 하루 열다섯 시간 이상 씹고 삼키는 데만 온전히 집중해야 하는 노동자에게 섹스가 웬 말이야."

남편은 포포를 보며 혼잣말하듯 말했다.

"먹고 살기도 힘들어 죽겠구먼."

포포는 남편의 말에 귀 기울이는 듯하다가 슬며시 눈을 감았다.

"그래서 인간이 저 종을 보호해 주고 있잖아. 한 나라를 대표하는 귀하신 몸이니."

우리는 마치 포포가 진짜 판다라도 되는 것처럼 팔

짱을 낀 채 자조와 질시가 뒤섞인 눈빛으로 쳐다봤다. 교미에 관심이 없는 판다에게 교미하는 영상을 보여주며 유도를 한다는 기사를 실제로 본 적이 있다.

"것뿐이야? 비아그라도 먹인다는데."

포르노를 제공하고 비아그라를 먹인다. 인간다운 발상이었다.

이튿날, 최사장의 전화를 받고 퇴근하자마자 부랴부랴 뛰었다. 부동산 문을 열기 전 숨을 골랐다. 눈앞에 '부동산은 타이밍'이라는 문구가 보였다. 숱한 중개업소를 돌아다니면서 왜 한국의 부동산 이름은 죄다 '현대' 아니면 '삼성'인지 의아했다. 그러던 중 만난 최사장의 '운때부동산'은 그 이름부터가 상큼했다.

"어, 오셨네. 지금 저쪽 현대에서도 손님 모시고 갔다니까 빨리 가봅시다."

내가 들어서자마자 최사장이 나가자며 손사래를 쳤다. 나는 들어온 문을 다시 열었다. 다른 팀과 경쟁이 붙었다는 것을 직감했다. 어떻게 하면 유리한 고지를 선점할 수 있을지 고민이 채 끝나기도 전에 도착해 버렸다.

30대 중반 정도, 어쩌면 나와 동갑일지도 모를 집주인 여자는 작은 키에 짧은 단발머리를 하나로 동여맨 야무진 인상이었다. 거실에는 이미 현대부동산 손님인 듯 50대 후반으로 보이는 중년부부가 집 구경을 끝내고 얼쯤히 서 있는 상황이었다. 부부는 나를 위아래로 훑듯이 쳐다보았다.

　"신혼부부면 빨리 아기부터 낳으셔야지."

　중년부부 중 부인이 나를 보자마자 말했다. 말이 짧다고 느낄 때 남편 쪽이 아내의 말을 이었다.

　"우리는 애들 다 출가시키고 우리 부부만 살 거라."

　그제야 감이 왔다. 우선 집 안 인테리어가 화사했다. 벽지부터 주방 싱크대 선반, 붙박이장, 욕실의 타일까지 모조리 화이트톤이었다. 거실 벽 한쪽은 화려한 색상의 아트월을 해놨고 그 흔한 액자 하나 없었다. 집안을 재빠르게 훑어본 후 나는 결론에 도달했다.

1. 인테리어를 한 지 얼마 안 됐다.

2. 돈을 많이 들여서 했다.

3. 집주인은 결벽증이 있다.

4. 집주인은 자신의 화이트톤 취향에 손상을 가하는 것을 꺼린다.

5. 고로, 아이가 없는 가정을 선호한다.

내 경쟁자들의 의도를 나만 읽은 게 아닌지 운때부동산 최사장이 중년부부에게 웃으며 말했다.

"다 출가시키셨으면 손주도 있으시겠네요. 아이들 데리고 자주 놀러오지요? 요즘은 아예 자기 부모한테 대놓고 떠맡긴다면서요?"

이번엔 집주인이 중년부부에게 시선을 돌렸다.

"그것도 다 옛날 말이지, 요즘 누가 손주를 키워줘요. 다들 자기 인생 살지."

아내 쪽이 급히 고개를 저으며 말했다. 흠, 손주가 있기는 한 모양이군.

"하긴 젊은 사람들도 다 자기 인생 산다고 애 안 낳고 사는 부부들 많더라고요. 그 뭐냐, 딩크족이라던가?"

최사장이 나를 보며 말했다. 동의를 구하는 그의 눈빛에 나는 얼떨결에 고개를 끄덕였다. 딩크족? 내가 딩크족이었던가. 집주인의 시선을 받으며 나는 어색한 미소를 띠었다.

"동물 같은 건 안 키우죠? 개나 고양이 같은 거."

집주인이 나를 보며 물었다. 깐깐한 말투가 내가 주로 이용하는 중고물품 판매장인 중고나라에서 메신저로만 대화하는 여자 중 하나 같았다. 에눌 안되고 네고 없어요. 환불, 반품 안 되고 착불이에요.

"나는 개, 고양이 키우는 집에선 밥도 안 먹어요. 아유, 더럽게 짐승을 왜 방에서 키워."

어…… 그게…… 내가 우물쭈물하고 있는 사이 옆에서 중년부부의 아내가 서둘러 선수를 쳤다. 하지만 집주인은 내 눈을 보며 대답을 기다리고 있었다. 에눌 안되고 네고도 없다는 단호한 눈빛이었다. 중년부부의 시선도 내 입에 집중됐다. 두꺼운 패딩 점퍼 속 등줄기를 타고 땀이 흘렀다. 난방이 잘 되는 따뜻하고 깨끗한 집, 인테리어도 최신이다. 더 이상 촌스러운 90년대식 체리색 몰딩을 두른 천장을 안 봐도 되고 오래된 마룻바닥에서 벗겨진 니스 껍데기를 줍지 않아도 된다. 싱크대 하수구가 새서 악취를 풍기지도 않을 거고 너덜거리는 방충망으로 모기가 기어들어오지도 않을 거다. 심지어 탁 트인 고층이라 전망도 좋았다. 앞동 사람과 눈 마주쳐가며 어색하게 블라인드를 내리지 않아도 되는 것이다. 최사장이 옆구리를 쿡 찌르는 바람에 대답이 툭 튀어나왔다.

"그럼요. 그런 거 안 키워요."

그제야 집주인은 흡족한 미소를 지었다. 그때, 방에서 대여섯 살쯤 되어 보이는 사내애가 문을 열고 나와 집주인의 다리에 매달렸다.

"유치원 들어갈 때가 돼서요. 이제 강남으로 가려고요."

집주인이 아이의 머리를 쓰다듬으며 말했다.

집으로 돌아오는 길 내내 마음이 가라앉았다. 운 좋게 귀한 매물 잘 잡았다며 계약을 서두르는 최사장의 말도 들리지 않았다. 집에 돌아와 마음을 들여다 보니 나는 화가 난 거였다. 그 대상은 집주인도, 중년부부도, 최사장도 아닌 바로 나였다. 나는 왜 포포를 '그런 거'라고 말했을까. 집주인이 말한 '개나 고양이 같은 거'를 받는 말로 '그런 거'라고 대답한 걸까.

남편이 냉장고 문을 열어 우유를 꺼냈다. 우리는 집에서도 꽤 두꺼운 카디건을 입었다. 문틀이 틀어진 탓에 새시의 아귀가 안 맞아 그 틈으로 한기가 안개처럼 스몄다. 웃풍이 심한 집이라는 것은 겨울을 겪으며 알았다. 이렇게 관리가 안 된 집을 소위 '전세만 돌리는 집'이라고 했다. 집주인이 한 번도 살지 않았던 렌트만 하는 집. 이 집에서 두 번의 겨울을 났다. 남편은 포포의 물그릇에 자신이 마시던 우유를 조금 덜어주었다. 포포가 무거운 몸을 일으켜 물그릇을 향해 굼뜨게 걸어왔다. 나는 우리의 세 번째 겨울이 좀 더 따듯하길 바랐다.

남편에게 집주인이 아기와 반려동물을 검열했다는 말은 하지 못했다. 그냥 마음속으로 어떻게 되겠지 싶었다. 남편도 나도 포포도 어떻게 잘되겠지.

그날 밤, 포포는 새끼를 낳았다. 새벽에 물을 마시러 거실로 나왔더니 포포가 혼자 출산하고 있었다. 어둡고 고요한 공기 속에 피비린내가 감돌았다. 네 마리였다. 흰색과 검은색을 적절히 나눈 점박이 셋과 노란기가 도는 놈 하나. 그 '놈팡이'가 어떻게 생긴 놈인지 알 것 같았다. 눈도 채 못 뜬 새끼들은 꼬물거리며 제 어미의 젖무덤을 파고들었다. 그러자 이제 막 어미가 된 포포는 벌렁 드러누워 배를 보이며 자신을 무장해제시켰다. 출산이 피곤했던 것인지 새끼들이 젖을 빠는 게 황홀한 것인지 포포는 지그시 눈을 감았다.

어느새 남편도 나와서 옆에 쪼그리고 앉았다. 창문 밖으로 흩날리듯 눈이 내렸다. 첫눈이었다. 우리는 새끼 고양이들의 젖은 털이 조금씩 말라서 보송해질 때까지 가만히 지켜봤다. 새끼들은 저렇게 여리고 작고 약한 것이로구나. 그리고 신비로웠다. 지상에 네 개의 우주가 막 추가된 것이다. 남편이 내 손을 잡았다. 오래 쪼그리고 앉아 저린 발을 쩔뚝이며 남편의 손길이 이끄는 대로 따랐다. 남편이 침실 문을 조용히 닫았다.

그날 밤, 실로 오랜만에 우리는 숙제가 아닌 밤을 보냈다.

포포는 점점 다른 고양이가 되어갔다. 지상에 새끼와 자신만 있다는 듯 그들만의 세계를 구축하고 외부인은 들이지 않았다. 포포에게 나는 사료와 물을 채워주고 배변판을 갈아주는 충직한 집사였다. 쟤는 누구? 새로 온 아이인가? 하는 부잣집 사모님의 무심하고 나른한 눈빛으로 나를 바라볼 때면 정말이지 식모가 된 기분이었다.

고양이가 한 마리에서 다섯 마리로 느니 그만큼 사료비도 늘었다. 여기저기서 툭툭 튀어나오는 녀석들을 밟지 않도록 신경써서 걸어야 했고 이리저리 피해 다니는 남편의 표정도 살펴야 했다. 고양이를 좋아했지만 다섯 마리라니. 이건 좀 너무한 거 아닌가. 그런데도 새끼들은 예뻤다.

"이 눈망울 좀 봐. 올겨울은 가습기 없어도 되겠어. 보기만 해도 기관지까지 촉촉해지는 느낌이야."

남편이 나의 호들갑에 고개를 설레설레 흔들었다.

"털은 또 얼마나 보드랍다고."

유일한 노란색 털을 가진 새끼는 네 마리 중 청일점이었다. 그래서인지 체구가 제일 작았다. 젖을 빨 때도 밀리고, 놀 때도 밀려서 늘 마음이 쓰였다. 그루밍 중인 녀석의 머리를 쓰다듬으려는 순간, 포포가 나를 향해 앞발을 들었다. 미처 피할 틈도 없었다. 발톱이 지나간 자리엔 금방 붉은 피가 맺혔다. 동시에 내 눈에서 눈물도 함께 맺혔다. 남편이 휴지를 건넸다. 눈물을 닦으라는 건지 피를 닦으라는 건지 몰라 멍하니 있자, 포포가 나를 빤히 쳐다보았다.

"자고로 검은머리 짐승은 거두는 게 아니라더니만."

남편이 혀를 쯧쯧 차며 말했다.

"검은머리 짐승은 사람 말하는 거 아니야?"

눈물을 닦으면서 나는 남편의 말을 지적했다. 남편은 항상 상황과 안 맞는 비유를 해 놓고 우기기를 잘했다. 지금처럼.

"우리 아기라며? 엄마라며?"

남편이 눈썹을 치켜뜨며 놀리듯 말했다. 정말이지 이 집에서 내 편은 아무도 없는 것 같았다. 그동안 온갖 구박과 수모 속에서 내가 저를 어떻게 지켰는데. 반려견이나 반려묘가 있으면 질투를 해서 아이가 잘 안 생긴다고, 고양이는 기생충 때문에 임신했을 때 위험하다는 주위의 말에도 꿋꿋이 지켜줬는데. 그것도 모르고 어디서 길고양이 씨를 받아와 내 집에서 새끼를 깔까? 지난 시간 포포에게 느꼈던 서운한 감정이 구체적으로 배신감이었다는 걸 알게 되자 포포가 불현듯 미워졌다. 이런 내 마음도 모르는 녀석은 내게서 시선을 거두어 새끼들로 향했다. 새끼들은 털 뭉치처럼 서로 엉켜서 놀고 있었다.

계약은 일사천리로 진행되었다. 우리는 집을 비워 줘야 하는 날짜가 한 달 앞이고 화이트톤 취향을 지닌 집주인도 자신이 이주할 곳의 전세금을 입금해야 했다. 운때부동산 문을 열고 들어가자 집주인 여자가 예의 야무진 미소를 지으며 우리를 맞이했다. 그녀는 우리에게 계약서를 내밀었다. 계약서를 읽던 남편의 눈썹이 꿈틀했다.

"이 항목은 뭐죠?"

남편의 어깨너머로 계약서를 읽어보니 제일 마지막 줄에 이렇게 쓰여 있었다.

육아금지

"적혀 있는 그대로예요."

육아금지라고 쓰여 있었지만 출산금지로 읽혔다. 출산이라는 말은 차마 넣을 수 없었는지 집주인은 육아는 절대 안 된다고 했다. 생식기능을 박탈당했다는 모욕감에 나는 얼굴을 붉혔고 남편의 몸은 뻣뻣하게 굳었다. 남편에게 집주인에 대해 미리 언질 주지 않았던 게 후회됐다. 남편의 소매를 끌고 중개사무소 밖으로 나왔다. 눈치를 살피던 최사장이 자신의 다기 세트를 들고나오며 차 한잔하시자고 집주인의 시선을 끌었다. 최사장은 차 마니아였다. 사람 사귀는 데 이만한 게 없다며 계약을 앞둔 고객에게 귀한 차를 대접했다.

"집 보러 갔더니 벽에 구멍나면 안 된다고 TV도 내려놓고 보더라고."

나는 남편의 눈치를 보며 집주인에 대해 과장해서 말했다. 남편이 주머니에서 사탕을 꺼냈다. 담배를 끊은 후 입이 심심하다며 챙겨 다니던 것이었다. 이내 와그작와그작 씹는 소리가 들렸다. 사탕 한 통을 다 비울 때까지 남편은 말없이 씹기만 했다. 차라리 담배를 피워. 나는 속으로 작게 말했다.

"포포는 어떻게 할 거야?"

집으로 돌아온 남편이 '포'들을 바라보며 말했다. 집주인이 작성한 계약서의 마지막 항목은 '육아금지'가 아니었다. 다음 장으로 이어지는 첫 줄인 '애완동물 사육금지'가 끝이었다. 정말이지 요만큼의 에누리도 없는 여자였다. 자신을 향하는 두 집사의 눈빛이 수상하다 생각했는지 포포가 우리를 올려다보았다.

결혼 전, 자취방에서 포포와 둘이 지냈을 때가 떠올랐다. 휴일, 침대에서 노트북을 켜고 일을 하고 있으면 포포가 그 앞을 괜히 어슬렁거렸던 것. 급기야 노트

북을 깔고 앉아 놀아달라고 시위를 하던 것. 제 기분이 좋을 땐 내 등에 붙어 안마하듯 꾹꾹이를 하던 것 등. 그때는 너랑 나뿐이었는데. 우리가 서로에게 온전히 혼자였을 때, 그때가 그리워졌다.

"포포, 엄마한테 와 봐."

포포에게 손을 내밀었다. 뚫어지게 쳐다만 볼뿐 포포는 꼼짝도 하지 않았다. 오히려 옆에 있던 새끼들이 다가왔다. 털 뭉치들이 굴러와서 내 손바닥을 핥았다. 따뜻하고 까슬한 혓바닥의 감촉이 좋았다. 마약방석에 드러누워 그루밍 중인 포포를 보며 괜히 가슴이 뜨거워졌다. 우리 둘만이 아는 역사, 그 시절이 지나가는 느낌이었다.

"다른 집 알아보자."

남편을 바라보며 진지하게 말했다.

"위약금이 얼만지 알고나 하는 소리야?"

남편은 한숨을 쉬었다.

"예쁜 이름을 지어주고 싶어."

"포일, 포이, 포삼, 포사가 어때서?"

"코니, 조안나, 옥타비아, 제임스 같은 이국의 이름들을 지어주고 귀하게 키우고 싶어. 질 좋은 사료와 안

락한 마약방석을 대령하는 충직한 집사가 될 거야."

"코니, 조안나…… 뭐?"

남편이 멍하니 나를 쳐다보다가 말했다.

"남들처럼 때가 되면 강남으로 이주해 좋은 교육환경도 제공하고 말이야."

내 들뜬 표정을 잠시 보고 있던 남편이 입을 뗐다.

"엄마놀이 그만해."

뜨거웠던 가슴이 서서히 식어갔다.

우리는 결국, 2년 동안 생산 활동이 금지되는 것을 선택했다. 자의 반 타의 반이었다. 집안의 어른들과 내가 사는 이 나라의 정부는 우리에게 어서어서 생산할 것을 독촉했지만 낳아서 키울 수 있는 곳을 마련해 주지는 못했기 때문이다.

"앞으로 2년 동안 콘돔 낄게."

남편이 말했다.

"안 껴도 안 생기니까 걱정 마."

화가 나서 톡 쏘아붙인 건 아니다. 사실이 그러니까 그냥 담담하게 말했는데,

"응."

오히려 남편의 의기소침한 대답에 부아가 났다. 며칠 전 담당의를 만나기 위해 병원에 다녀왔다. 원래대로라면 난자 채취를 위한 검사를 했겠지만 당분간 시술을 중단하겠다는 말을 했다. 남의 속도 모르는 담당의는 자연임신의 가능성도 열려있으니 너무 조급하게 생각하지 말라며 위로했다. 진료실에서 나와 엘리베이터를 타고 1층으로 간다는 게 사람들에게 떠밀려 2층에 내렸다.

"여긴 뭔데 사람이 이렇게 많아?"

우리는 어리둥절해서 주위를 둘러보았다. 대기석을 가득 채운 사람들 무리가 눈앞에 펼쳐졌다. 대기석 의자에 앉은 사람들은 팔짱을 낀 채 졸거나 무심히 텔레비전 화면을 보고 있었다. 그나마도 자리를 못 잡은 사람들은 벽에 기대 하염없이 자신의 차례를 기다렸다. 모두 어딘가 지치고 화가 나 있는 것 같았다.

"시험관센터구나."

나는 마치 중력이 닿지 않는 제3세계에 진입한 것처럼 두렵고 긴장됐다. 남편의 옆모습을 힐끔 쳐다보니 그도 나만큼이나 놀란 표정이었다.

"우리는 멸종하고 말 거야."

남편이 작게 중얼거렸다.

"뭐라고?"

"인간은 멸종할 거라고."

엘리베이터 앞에 서 있는 바람에 또 한 무리의 인간 파도가 우리를 덮쳤다. 파도 때문에 우리는 출렁이며 양옆으로 갈라졌다. 큰 목소리로 남편이 말했다.

"제힘으로 수태할 힘을 잃은 종은 보호해줘야 해."

사람들이 남편을 쳐다보았다.

"판다처럼?"

나의 물음에 남편이 서글픈 미소로 답했다.

12월 온 세상의 평화

2년간 임신 출산 포기 사인을 하기 위해 운때부동산으로 향했다. 새벽부터 함박눈이 내리더니 그칠 생각을 안 했다.

"손 없는 날이라더니."

만물에 깃든 귀신들이 정기적으로 회의를 하러 하늘로 올라가는 날, 그래서 인간사에 관여하지 않는 길

일이라며 나가고 들어오고 하는 세 집이 합의를 본 날이었다. 이른 아침부터 이삿짐센터 직원들이 벨을 눌렀다. 남자들은 침대나 책장 같은 큰 짐을, 여자들은 냉장고와 주방 살림을 일사불란하게 날랐다. 포포와 아기들을 어제 미리 보내놓길 다행이라는 생각이 들었다.

"10시 전에 찾아야 해. 안 그럼 하루치 비용 더 청구되니까."

"주인은 이사하느라 허리가 휘는데 호캉스라니, 팔자 좋다."

남편은 투덜거리면서도 포포의 마약방석과 물그릇을 손수 챙겼다. 이사가 끝날 때까지 포포 가족은 고양이 호텔에 머물 예정이었다. 남편과 나는 대체로 법의 테두리 안에서 그 선을 넘지 않고 살아 온 모범 시민이었지만 이번엔 좀 넘어보기로 했다.

함박눈은 기세 좋게 쌓여서 온 세상이 백설기처럼 보였다. 이삿짐센터 직원들은 짐을 차에 옮겨놓고 점심을 먹으러 갔다. 이삿날이니만큼 점심으로 짜장면을 먹어야 한다는 남편의 말을 흘려들으며 운때부동산에 도착했다. 잔금을 치르고 나면 앞으로 2년 동안 집주인 얼굴을 볼 일이 없다는 사실에 의지하며 부동산 문을 열었다. 순간, 짜장면 냄새가 훅 끼쳤다. 탕수육도 먹었는지 돼지기름 쩐내가 습기와 만나 이루는 하모니가 비위를 강타했다. 순간, 욱하고 헛구역질이 났다. 손으로 얼른 입을 막았다. 당장이라도 다 게워낼 것처럼 위가 출렁거렸다. 입맛이 없어서 아침에 먹은 것도 없는데 이상했다. 고개를 들자 모든 사람의 시선이 나에게 고정되었다.

남편의 혹시나 하는 설렘이 묻은 눈빛과 당장이라도 임신테스트기를 들이밀 것만 같은 집주인 여자의 날카로운 눈빛이 동시에 나에게 꽂혔다. 뭐지, 이 장면은? 아침 드라마에 자주 등장하는 클리셰인가. 나는 웃어야 할지 울어야 할지 몰라 입과 숨을 막은 채 그렇게 서 있었다. 그들 머리 위로 벽에 붙어있는 궁서체 글귀가 눈에 들어왔다.

부동산은 타이밍

아랫배에 찌르르한 통증이 스치고 지나갔다.

1930년대 영국을 배경으로 한 이야기를 읽던 중

한 문장이 내 시선을 붙잡았다.

'푸대접 받는 아이는 커서 푸대접 받는 아내가 된다.'

나는 이 소설을 이 한 줄의 문장을 위해 읽은 것만 같다.

내 생의 비밀을 이 문장이 폭로하고 있었기 때문이다.

가족의 발견

미셸

아버지를 찾았다고 했다.
오랜만에 가슴이 뛰었다.

　길을 걷다 아버지를 찾아준다는 광고를 봤다. 물어
물어 찾아간 법률사무소는 시내 한복판에 있었다. 다
크네이비색 수트를 말끔하게 차려입은 40대 중반의 변
호사는 내 이야기를 다 들은 후 웃으며 말했다.
　"문제없습니다."
　"정말 이름만으로 아버지를 찾을 수 있어요? 사진도
없이?"

"그럼요. 이름이 본명이길 바라봐야겠지만."

아침마다 거울을 보며 연습하는 걸까. 말끝마다 덧붙이는 변호사의 미소에서 단단한 신뢰가 느껴졌다. 그의 등 뒤로 커다랗고 높은 책상과 두꺼운 책이 빼곡한 책장이 눈에 들어왔다.

"가격은……"

"코피노 양육비 소송은 공익 활동 목적이라 착수금은 없습니다."

한국 생활 3년, 나는 세상에 공짜가 없다는 것을 안다. 이런 내 눈빛을 읽은 변호사는 예의 미소를 지으며 말을 이었다.

"성공보수약정이 있긴 합니다만."

아버지에게 받게 될 밀린 양육비의 30%를 지급하겠다는 계약서에 사인하고 나는 사무실을 나섰다.

석 달이 지났고 아버지를 찾았다. 적어도 아버지는 엄마에게 본명은 남겨 놓고 떠났던 것이다.

사진 한 장 찍지 않을 때부터 알아봤어야 했지만 엄마는 아버지가 돌아올 것을 믿었다. 필리핀에서 아버지를 30년 가까이 기다렸다. 나는 한국에 와서 3년 동안 아버지를 수소문했다. 그런데 한국의 변호사는 단 3개월 만에 아버지를 찾아낸 것이다. 이름 석 자만을 가지고. 변호사의 우려와는 달리 아버지는 인지청구를 순순히 받아들였다. 유전자검사를 거쳐 그가 나의 친부가 99.9% 맞다는 결과가 나왔으나 변호사는 씁쓸한 표정으로 내게 판결문을 건넸다.

"박미셸씨는 채권자로서 채무자인 친부 박병식씨에게 그동안 밀린 양육비 및 상속을 받을 권리가 있다는 내용입니다."

변호사는 자리에서 일어나며 덧붙였다.

"하지만, 받기 힘들 겁니다. 애석하게도 미셸씨의 법적 아버지는 신용불량자에 파산선고까지 마쳤더군요."

그를 처음 보았을 때 나는 그의 눈이 멀어가고 있다는 것을 알았다. 탁한 눈동자가 초점 없이 흔들렸다. 그는 키가 작고 야윈 사내였다. 숱이 적은 반백의 머리카락 사이사이로 창백한 두피가 들여다보였다. 엄마가 얘기해준 것과 달랐다. 내 상상 속 그는 이런 모습이 아니었다. 이 남자가 정말 내 아버지가 맞는가. 확신 없는 목소리로 나는 그를 내려다보며 말했다.

"나는 당신에게 채권이 있습니다."

변호사가 써줘서 외워놓은 말이었다. 그러곤 서류봉투에서 판결문을 꺼내 그의 앞에 내밀었다. 그는 까닭 없이 미소를 지었다. 눈이 멀면 다른 감각들이 발달하게 되어있다. 그는 아무 말 없이 내 앞으로 반걸음씩 발을 떼며 주춤주춤 다가왔다. 그러곤 어둠 속에서 술래잡기하듯 양팔을 앞으로 뻗어 허공을 더듬었다. 서류를 쥐고 있는 내 손이 떨리고 있었다. 긴장한 어깨는 안으로 움츠러들었다. 허공을 가르던 그의 두 손이 내 앞에서 멈췄다. 그는 야구공을 잡듯이 동그랗게 구부린 손가락으로 내 가슴을 그러쥐었다.

사내는 양손 가득 내 젖가슴을 손에 넣고 주물렀다. 그것은 마치 컨베이어 벨트 위 상품에 나사가 제대로 조여졌는지를 확인하는 것처럼 기계적이고 영혼 없는 몸짓이었다. 갑작스러운 일에 나는 그의 어깨를 힘껏 밀쳐냈다. 잘 봐줘야 내 어깨 정도밖에 키가 안 닿을 것 같은 그는 종잇장처럼 가볍게 나가떨어졌다.

"잘 고쳤구나."

바닥에 엉덩방아를 찧으며 그가 말했다. 흐흐흐. 바람 빠지는 소리가 났다. 표정만으론 저 소리의 정체를 알 수 없었다. 그는 웃는 것인가. 우는 것인가.

작업반장이 누가 찾아왔다고 내게 눈짓을 했다. 휴게실에서 아버지가 기다리고 있었다. 서류에 집 주소를 공장으로 해놨던 게 떠올랐다. 봄가을용 낡은 체크무늬 트위드 재킷을 걸친 그는 처음 봤을 때보다 더 늙어 보였다. 코앞까지 다가갔을 때 비로소 그는 나를 알아보았다.

"이렇게 보니 못 알아보겠구나."

작업복을 입은 모습을 위아래로 훑으며 말했다. 어차피 우리는 두 번째 본 사이라는 말을 하려다 나는 입을 다물었다. 그의 눈동자는 여전히 회백색, 스콜이 오기 직전 하늘처럼 흐렸다.

"한국말 할 줄 아니?"

그는 내가 자신이 하는 이야기를 어느 정도 이해하는지 궁금해했다.

"할 줄 알아요."

필리핀에 있을 때부터 배웠다는 말은 하지 않았다. 그의 얼굴에 흐뭇한 미소가 번지는 것을 나는 포착했다.

"돈 좀 꿔다오."

내게 주는 게 아니라 자신에게 주라는 것인가. 나는 내가 이해하고 있는 상황이 맞는지 어리둥절했다.

"달라는 게 아니라 빌려달라는 거야."

먹구름. 그의 회백색 눈동자에서 뇌우가 왈칵 쏟아져내릴 것만 같았다. 어쩌면 그건 내 눈에서였는지 모른다.

언젠가 마닐라의 한 극장에서 연극을 본 적이 있다. 그 연극에는 한 남자가 나온다. 세상에서 제일 불행한 남자라는 그 사람의 이름을 풀이하면 부어오른 뒤꿈치라고 했다. 이름부터가 불길하지 않은가. 그의 어머니이자 아내였던 연인이 목을 매 죽은 후 그는 자신에게 닥친 불행들을 참을 수 없어 마지막에 스스로 눈을 찔러 장님이 된다. 그 후 그는 두 딸의 손에 이끌려서 방랑길에 오르고 막은 내린다.

내가 궁금했던 것은 남자의 최후가 아니라 아비를 양쪽에서 보필하며 퇴장한 딸들이었다. 세상에서 제일 불행한 사내의 두 딸은 그보다 더 불행해 보였다. 하필 저런 아비 밑에서 태어나다니. 그들은 그런 아비를 원망이나 비난도 없이 측은하게 생각하며 보살핀다. 그 부분이 이해가 안 갔다. 그들의 마지막은 어떻게 될까.

끝까지 아비를 보살필까. 아니면 절벽 아래로 밀어버
릴까.

　박수와 함께 막이 내렸고 배우들은 커튼콜을 위해
무대에 다시 섰다. 관객들의 갈채에 우아한 몸짓으로
화답을 하는 그들의 모습은 고귀해 보였다. 그 모습에
반해서 나는 그날 배우가 되겠다고 결심했다. 그리고
정말 여자가 되겠다고.

　그 후 아버지는 일주일이 멀다고 공장 앞으로 찾아
왔다. 올 때마다 차비 좀, 병원비 좀 하고 돈을 꾸었다.
공장 사람들조차 아버지를 알아볼 정도였다. 한번은
옆 라인 명순 아줌마가 양육비 한 번 준 적 없는 인간
이 이제 와서 봉양하라는 거냐고 따지고 들자 부모 자
식 간의 일에 제삼자는 빠지라며 되레 큰소리를 쳤다.
나는 아버지를 끌고 나왔다.

　한국에 와서 첫 직장이었다. 운 좋게 사장도, 동료도
모두 좋은 사람들이었다. 월급이 밀린 적도 없고 나를
있는 그대로 받아들여줬다. 다시 직장을 구한다면 이
만한 곳을 얻을 수 없을 것이다. 무엇보다 새로운 사람
들의 시선에 다시 적응해야 한다는 게 끔찍했다.

그렇다고 매번 민폐를 끼치는 것도 견디기 어려웠다. 나는 아버지를 왜 찾은 걸까. 평생 아버지를 모르고 사는 게 나을 뻔했다는 생각이 들었다. 적어도 내 상상 속 이미지는 살아있었을 테니. 판결문을 받으러 갔을 때 변호사는 나를 딱한 표정으로 쳐다보며 말했다.

"나중에 아버지가 돌아가시거든 상속포기 하세요. 상속받을 건 아마 빚밖에 없을 겁니다."

직장을 옮겨야 하나 진지하게 고민할 무렵, 이번엔 어떤 여자가 찾아왔다. 휴게실 문을 열고 들어가자 빨간색 원피스를 입은 젊은 여자가 의자에 앉아있었다. 여자는 나와 눈이 마주치자 자리에서 일어섰다.

"미셸?"

여자는 내 이복자매라고 했다.

인선

아버지가 야반도주하듯 의정부로 이사를 한 건 작년 늦봄 무렵이다. 아버지의 얼굴을 마지막으로 본 것도 그쯤이니 얼추 1년이 넘은 셈이다.

아버지는 늦은 밤 집 앞으로 찾아와 전화를 했다. 역시나 돈 때문이었다. 아마 다른 사람들한테도 찾아갔겠지. 언제나 그랬듯 핑계를 대고 빌려달라고 했지만 갚은 적은 단 한 번도 없었다. 차라리 그냥 달라고 구걸을 하는 게 나을 텐데. 아버진 항상 당당하게 빌려달라고 한다.

이렇게 아버지의 전화는 돈 문제를 벗어난 적이 없는데 얼마 전 걸려 온 전화는 달랐다. 우선 첫마디는 '네 엄마가 도망갔다'였다. 세 번째 듣는 말이다. 아버지에게는 세 명의 아내가 있었으니까. 아버지의 세 번째 부인은 의뭉스러운 데가 있긴 했지만 무난한 성격으로 이번엔 오래 살겠거니 했는데 의외였다. 역시나 아버진 10년이 고비였다.

처음엔 곗돈 때문이라고 생각했다. 1년 전 야반도주를 했던 게 알고 보니 계주였던 아버지의 세 번째 부인이 곗돈을 들고 종적을 감춰서였는데 아버지는 어쩔 수 없이 아내를 따라 이사를 가 도망자가 되었다. 처음 봤을 때부터 눈매가 의뭉스러워 뒤통수 좀 치게 생겼다 싶더니 역시 내 직감은 틀린 적이 없다. 유유상종. 아버지 주위엔 범죄의 기운이 넘치는 사람들만 사는 것 같다.

이번엔 돈 때문이 아니라고 했다. 그럼 뭐가 문제냐고 묻자 변호사가 찾아와서 자신에게 뭔가를 청구했다는 것이다. 그게 문제가 되어 아내는 집을 나가고 다시 혼자가 되었다며 한숨을 쉬었다. 천하의 박병식이 울먹이다니. 아버지도 늙었구나.

나는 새삼 아버지의 인생을 떠올렸다. 그의 삶을 버텨온 것은 불운과 뻔뻔스러움이라는 양대 산맥이다. 하는 일마다 꼬였고 그러자 원래 꼬인 사람인지 일이 꼬이다 보니 사람도 배배 꼬이게 된 건지 성격도 고약했다. 후안무치. 나는 살면서 아버지처럼 파렴치하고 우주적으로 얼굴이 두꺼운 사람은 본 적이 없다.

나는 어릴 적 푸대접 받는 아이였다. 모두 나를 이곳에서 저곳으로 튕겨내기에 바빴다. 아빠는 고모에게 고모는 할머니에게 할머니는 나의 생모를 지옥의 늪으로 빠뜨리는 것으로 나를 튕겨 냈다. 결혼해서는 남편이 아이에게 아이가 남편에게 나를 끊임없이 밀어 놓는 기분에 잠기곤 했다.

이제 내 아버지와 어머니들은 늙고 병들자 나를 찾

아와 내 소매를 조금씩 끌어당기고 있다. 병원비를 좀. 택시비를 좀. 월세를 좀. 그러곤 불만을 늘어놓기에 바빴다. 그들은 내 귀를 불만 쓰레기통쯤으로 아는 것 같았다. 내 개가 아프단다. 치통 때문에 잠을 잘 수가 없다. 이젠 무릎이 이렇게 쑤셔 대니 오래 걸을 수도 없어.

삶이 내 인생을 축구장 잔디밭의 공처럼 발끝으로 이리저리 툭툭 차대는 것을 느끼고 있을 무렵, 나는 내 인생의 비밀을 어떤 소설의 글귀에서 발견하게 됐다. 그것은 최근에 나온 소설에 비해 투박하리만큼 두꺼워서 판매 부수 따위 신경 안 쓴다는 고집스러운 인상을 주는 책이었다. 1930년대 영국을 배경으로 한 인물들 간의 얽히고설킨 이야기를 인내심을 가지고 읽던 중 한 문장이 내 시선을 붙잡았다.

푸대접 받는 아이는 커서 푸대접 받는 아내가 된다.

이 문장은 이 책의 중요한 키도 아니었고 무릎을 칠 만한 명언이라고도 할 수 없었다. 어쩌면 작가는 큰 의미를 두지 않고 손가락 가는 대로 쓴, 두꺼운 원고에 두꺼움을 더하는 하나의 문장일지도 몰랐다. 하지만 나는 이 소설을 이 한 줄의 문장을 위해 읽은 것만 같다. 내 생의 비밀을 이 문장이 폭로하고 있었기 때문이다.

책장을 덮고 눈을 감았다. 부모가 미칠 듯이 미워졌다. 남편이 나를 사물 보듯 무심히 바라보는 것도 아이가 나와 눈을 마주치지 않는 것도 시댁 식구가 내 뒤에서 들으라는 듯 큰 소리로 내 흉을 보는 것도 모두 부모 때문인 것 같았다. 이 모든 것을 뒤로한 채 이혼을 한 것도.

부모는 번갈아가며 나를 찾아와 자신을 조금이라도 비극적으로 보이기 위해 한탄을 했다. 자신의 딸을 구성하고 있는 피 중 자신의 것이 아닌 반쪽의 피를 경멸하는 시간은 아무리 바쁘더라도 짬을 내어 꼭 할애했다. 한때 저들이 부부였다는 것은 믿을 수 없는 일이었다. 악연도 저런 악연이 있나 싶을 정도였다. 어느 쪽에서든 나의 반쪽 피는 나쁜 피가 되었다. 둘 중 하나만이라도 온전히 인정받는 피이고 싶었다. 가끔가다 나는 내 안의 피를 모두 빼내어 어떤 피가 더 나쁜 피인가를 저울에 달아보고 싶어진다. 어떤 피일까. 나로서는 판단을 내릴 수가 없다. 나는 나 자신을 혐오하게 되었다.

그런데 한 명이 더 있었다니. 아버진 전화로 나에게 남매의 존재를 알렸다. 마치 애, 너 우리 집에 지갑 놓고 갔더라, 말하는 것처럼 담담하게.

"뭐가 있다고요?"

"알고 보니 너, 동생이 있더구나."

아버진 자신의 자식이 아닌, 내 동생이라고 말했다. 적반하장. 내 잘못이기라도 한 것인 양.

"그것 때문이군요. 세 번째 어머니가 집을 나간 이유가."

아버지와 내가 닮은 부분이 있다면 서로의 아픈 곳을 기가 막히게 콕, 찔러 후벼판다는 것이다. 자신의 아내를 향해 한바탕 욕을 퍼부으려고 아버진 잠시 숨을 고르고 있었다. 그 침묵이 전화선 너머로 고스란히 느껴졌다. 나는 그 순간을 놓치지 않고 잽싸게 수화기를 내려놓았다. 그의 불행에 더 이상 얽히고 싶지 않다.

나는 지금 나의 남매를 만나러 가는 중이다. 올해로 연식 15년을 맞는 나의 애마에 몸을 싣고 의정부로 출발했다. 요즘 들어 힘에 부치는지 차에서 툴툴거리는 소리가 들렸다. 그나마 희미하게 불빛을 뿜는 라이트는 몇 달 전부터 깜박깜박거리더니 오른쪽이 나갔다. 차라리 왼쪽이 나가지. 우회전할 때마다 앞차가 안 비켜주면 짜증이 났다. 견적이 얼마나 나올지 정비소는 갈 엄두도 안 났다. 보나마나 폐차하라고 하겠지. 중고로도 안 팔린다고. 엔진오일이라도 하나 먹이고 싶지만 웬걸, 셀프주유소에서 숫자가 올라가는 주유 계량기를 마음 졸이며 보는 신세다. 주행 중일 때도 골골거리는 진동이 좌석 시트를 타고 온몸에 전해졌다.

그냥 확 폐차를 해버려?

핸들을 쥔 손에 땀이 뱄다. 선바이저를 요리조리 돌려 해를 가려보지만 역부족이다. 땀에 화장이 밀릴까 신경이 쓰였다. 물건 떼러 시장에 가고 아이를 데리고 오기 위해서는 차가 필요하다.

그래, 아직은 아니지.

차에서 내려 구겨진 원피스를 탁탁 털었다. 땀 때문에 치맛자락이 축축했다. 눈앞에는 황량한 공장지대가 펼쳐져 있었다. 커다란 공장 건물들은 컨테이너를 연상케 했다. 안내 받은 휴게실조차도 황량한 느낌이었다. 그래도 땀이 급속히 식을 정도로 에어컨 성능은 좋앉다. 낡은 소파의 나달나달 뜯긴 가죽을 괜스레 잡아당기며 생각했다. 나는 여기 왜 온 걸까. 뭘 확인하자고. 첩첩산중. 마음이 답답했다.

문이 열렸다. 문으로 시선이 향했다. 검은색 긴 머리카락을 하나로 묶은 중성적인 얼굴이 들어왔다. 막연히 상상했던 모습과 달라서 나는 약간 당황했다. 혼혈이라고? 밖에 나가면 볼 수 있는 흔한 한국인의 얼굴이었다. 호리호리한 몸매에 깨끗한 피부, 무엇보다 가슴의 볼륨이 눈에 들어왔다. 박시한 티셔츠를 입고 있는데도 가슴이 도드라지게 눈에 띄었다. 뭐야, 남매라며?

나는 미셸이란 이름의 나의 이복 혈연을 위아래로 훑어보았다. 운동화를 신었는데도 키가 컸다. 무엇보다 날렵한 콧날과 깊은 눈이 인상적이었다. 아버진 딸인지 아들인지 구분도 못 할 정도로 눈이 가버린 걸까. 가슴 속에서 왠지 모를 적의가 솟았다.

"미셸?"

"누구세요?"

예상치 못한 목소리에 당황했다. 선천적으로 낮은 목소리가 높은음을 내려고 할 때의 불협화음이 느껴졌다.

"박인선이에요."

"박, 인선?"

"그쪽, 아버지 딸."

그제야 미셸의 눈이 커졌다. 한걸음 다가갔다. 여자치고 넓은 어깨와 큰 손이 눈에 들어왔다. 나는 잠시 망설이다 덧붙였다.

"당신의 이복자매라고요".

우리는 각기 다른 이유로 혼란스러워졌다.

자동차

나는 미셸이라는 기괴한 여성을 조수석에 태우고 달렸다. 주인은 답답할 때면 드라이브를 곧잘 했다. 내부순환을 타고 빙글빙글 돌다가 아무 동네나 내려 국도를 타고 집으로 돌아오는 것이다. 주인은 화가 난 듯 말이 없었다. 여자도 말이 없었다. 두 사람 사이 침묵이 고였고 나는 그 분위기가 불편했다. 나의 정체성은 빨간색 마티즈. 경쾌 발랄한 도시 감성을 즐겨야 하기 때문이다. 나는 괜히 엔진에 힘을 주어 크릉 소리를 냈다. 크릉크릉. 그 후 무리가 온 엔진은 덜덜거리게 되어있다. 주인은 비로소 침묵에서 깨어나 계기판에 슬쩍 눈길을 주었다. 지나치는 도로 표지판으로 시선을 돌려 살피다가 차선을 바꿨다. 1차선에서 한 번에 무리해서 4차선까지 뚫었다. 그 바람에 달려오던 차들로부터 클랙슨 세례를 받았다. 그중 검은색 차는 왼쪽에 붙어서 창문을 열었다.

"야이, 시발년아. 죽고 싶어 환장했냐!"

분노에 찬 목소리였다. 결코 가끔이라고 할 수 없는 횟수로 종종 듣는 욕설이었다. 주인은 내 덩치에 비해 운전이 거칠었다. 말하자면, 도로 위의 폭군이랄까. 그래도 그렇지. 죽고 싶어 환장했냐니. 죽고 싶은 사람이 세상에 어디 있다고. 들을 때마다 욕을 해도 저렇게 비창의적으로 할까 싶었다. 하지만 나의 주인은 전혀 개의치 않는다. 오히려 라디오를 크게 틀었다. 상대들은 입만 뻥긋거리며 손가락 욕이나 삿대질을 했지만 주인은 결코 그들에게 시선을 주는 법이 없다. 앞만 보며 달렸다. 조수석에 앉은 여성은 슬며시 오른손을 들어 사이드 손잡이를 잡았다.

그렇게 한참을 달리다 한강이 내려다보이는 곳에 섰다. 주인은 강 교각에 잠시 눈길을 주더니 문을 열고 내렸다. 잠시 후 돌아온 주인의 손에 검은색 비닐봉지가 들려있었다. 캔 맥주 두 개와 소주 한 병, 구운 오징어 한 마리와 땅콩 한 봉지를 꺼냈다. 봉지를 열자 실내에 쿰쿰한 냄새가 퍼졌다. 여성이 코에 손을 가져갔다. 주인은 캔을 따서 벌컥벌컥 세 모금을 마시고 캔에 소주를 쫄쫄쫄 부었다. 가만 지켜보고 있던 여성을 향해 주인이 말했다.

"섞을래?"

여성은 캔을 따서 주인이 한 것처럼 두 모금을 조심스럽게 마셨다. 마실 때마다 울대가 위아래로 오르내리는 것을 주인이 바라보았다. 여성은 주인에게 캔을 내밀었고 주인은 소주를 부어주었다.

"섞어야 맛이지."

좁은 실내에서 두 사람의 팔뚝이 자주 스쳤다. 주인은 여성의 얼굴을 가만 뜯어보았다.

"우리, 닮은 데가 있나?"

유심히 보던 것을 멈추고 운전석 의자 등받이를 뒤로 젖혀 기댔다.

"생일이 언제라고? 벌스데이 말이야."

"6월 3일."

"쳇, 나를 낳고 반년도 안 되서 딴살림을 차렸군. 그러고도 남을 인간이지."

주인은 자신의 아버지가 한국에서도 아내가 세 명이었다고 말해주었다. 첫아이를 낳고 백일이 지나 아버지는 필리핀으로 출장을 갔다고 했다.

"세 명인 줄 알았는데 네 명이었네. 자기가 무슨 태조 왕건이야? 부인이랑 자식은 주렁주렁 까질러 놓고. 쥐뿔도 없는 주제에. 우리 엄마는 그것도 모르고 매일 꼬박꼬박 편지를 썼댄다. 진작 갈라서길 잘했지. 네 엄마는?"

"죽었어."

"아…… 언제?"

"나 한국 오기 전에. 죽기 전까지 기다렸어."

"그 인간을?"

믿을 수 없다는 듯 주인은 의자 등받이에서 벌떡 일어나 앉았다.

"하…… 지옥에나 가라지."

주인은 더 이상 말을 잇지 못했다.

"그나저나 넌 여동생이야, 남동생이야?"

여성은 자신은 여자지만 아직 완벽한 여자는 아니

라고 말했다.

"그렇구나."

주인은 시선을 거두고 더 묻지 않았다.

여성이 초조하게 창밖을 살폈다. 손을 사타구니로 가져가 똥 마려운 강아지 표정이었다. 밤마실을 나온 사람들로 인해 공중화장실 앞은 줄이 꽤 길었다. 주인은 여성을 흘깃 보곤 차에 시동을 걸었다.

"음주 단속 안 해?"

여성은 걱정스러운 눈빛으로 핸들을 잡은 주인의 손을 보았다.

"한국에 몇 년 있었다고?"

"3년."

"말 잘하네."

"필리핀에서 배웠어. 한국 신부님 알려줬어."

"무슨 말 할 줄 알아?"

"처음, 다 욕부터 배워."

"잘해? 할 줄 아는 욕 다 해 봐."

여성은 골똘히 생각하다가 입을 열었다. 나도 모르게 귀를 기울이고 있었다.

"개새끼, 미친년, 김자지, 이보지, 창녀."

"김자지, 이보지는 뭐야?"

"내 친구 세라 아빠, 엄마 이름."

주인은 아무 말 없이 엑셀 위에 올려놓은 발에 힘을 주었다. 나는 엔진이 뜨거워지는 것을 느꼈다.

"그 인간 앞에서 해주지 그랬어."

"기억이 안 났다. 한 개도."

주인은 인적이 드문 곳에 차를 댔다. 안개등을 켜 놓고 그 옆 풀숲으로 들어갔다. 나는 뿌연 시야로 주위를 밝혔다. 눈을 아무리 부릅떠도 예전만큼 선명하지가 않다. 경쾌 발랄한 이미지가 무색하게도 시동이 걸릴 때마다 쿨럭, 노파의 해묵은 기침 소리가 났다.

주인이 먼저 엉덩이를 까고 주저앉는 게 보였다. 쉬 소리가 시원하게 들렸다. 여성은 머뭇거리더니 주인 옆에 팬티를 내리고 쪼그려 앉았다. 이내 물소리가 들려왔다. 아까 소리가 시냇물이라면 지금 소리는 작은 폭포가 흐르는 소리 같았다. 물줄기에서 힘이 느껴졌다. 주인이 고개를 돌려 여성의 오줌 줄기를 보았다.

"멀리도 나간다."

이번엔 고개를 쑥 내밀어 그 안쪽을 살폈다. 그 시선

이 불편한 듯 여성은 다리를 좀 더 오므렸다.

"내 전남편 거보다 크네."

한숨과 더불어 주인이 말했다.

"아깝다, 아까워."

말끝에 주인이 큭큭 웃었고 그런 주인을 잠시 쳐다보던 여성도 따라 큭 웃었다. 엉덩이를 까고 풀숲에서 오줌을 누는 두 여자의 엉덩이로 때 이른 모기가 붙고 있었다.

"죽이자."

차 안으로 따라 들어 온 모기를 눈으로 쫓으며 주인이 말했다. 여성은 아무 말도 없었다.

"그 인간 쥐도 새도 모르게 죽여 버리자. 더는 못 살겠다."

그제야 여성이 고개를 돌려 주인을 바라본다.

"죽이는 거 나쁜 짓이야. 불법이야."

주인은 풋, 웃음을 흘린다.

"물론 불법이지. 사람 죽이는 일이 합법인 곳도 있니"

"사장님이 그랬어. 불법 나쁜 거야."

"그 인간만 할까. 넌 그 인간이 얼마나 끔찍한지 아

직 몰라."

양손으로 핸들을 꽉 쥐고서 주인은 어금니를 깨물었다. 그때 여성은 본다. 주인의 왼쪽 손목에 그어진 희미한 실금을.

"내가 아버지 얼굴을 처음 본 게 어디서였는지 알아? 결혼식 사진? 천만의 말씀이야. 너도 알지? 그 인간 웬만해선 사진 안 찍는 거. 지명수배자 명단에서였어. 아버지 얼굴과 이름이 있고 그 아래 사기라고 쓰여 있더라. 집에 와서 사전을 찾아봤어. 사기가 무슨 뜻인지."

"필리핀에서도 그랬어. 엄마한테 사람들 찾아와서 돈 내놓으라고 그랬어."

"안 봐도 비디오다. 그 인간 정체성이 사긴걸 뭐."

"정채썽?"

"인생 자체가 사기라고. 너나 나나 참. 태어나도 그런 아비 밑에서."

모기 물린 데가 간지러운지 주인은 팬티 속으로 손을 넣어 엉덩이를 북북 긁었다.

"너, 내가 보험 영업했던 거 모르지. 결혼하면서 관뒀는데 한때 잘나갔어. 보험설계사가 되면 제일 먼저 하는 일이 뭔지 알아? 주위를 둘러보는 거야. 나를 비롯해서 내 가족 친지들의 건강과 환경을 굽어보는 거지. 그리고 앞으로 닥칠 재앙으로부터 그들을 보호해야 한다는 신념을 갖는 거야. 그때 아버지를 설득해서 보험 하나를 들었지 내가. 재수 없다고 반대하는 아버지한테 내가 뭐라고 했는지 알아? 아버지, 보험은 돈으로 살 수 있는 마음의 평화래요. 그제야 아버지 표정이 풀렸어. 그거참 좋은 일이구나, 하면서."

"좋은 일?"

"좋은 일이지. 아버지 죽으면 보험금 나오니까. 상속분은 자식이 반씩 갖게 되어있어. 너랑 나랑 법적으로 일대일 나누는 거야. 이건 합법이야. 너는 그동안의 양육비 조로 받는 거야. 그 돈으로 넌 진짜 여자가 되고 나는…… 애를 데리고 온다."

"베이비 어디 있는데?"

여성이 주인 쪽으로 고개를 기울였다.

"남편한테."

"왜 데리고 와?"

"이혼했으니까."

"베이비, 아빠랑 살겠대?"

"애들은 원래 돈 있는 사람이랑 살게 돼 있어. 지금

돈 없어서 못 데려와."

"보고 싶어? 베이비?"

여성의 질문에 주인은 멀리서 반짝이는 가로등을 무심히 바라보았다.

"너는 되고 싶지 않아? 리얼 우먼?"

"만약 어머니가 뱃속에서 나를 죽였다면 나는 세상에 없을 거야."

여성의 목소리는 차분했지만 눈빛이 흔들리는 것을 나는 느낄 수 있었다.

"이봐, 이복동생. 잘 들어. 세상에 인간의 영혼 숫자는 한정되어 있대. 영혼 알지? 소울. 예를 들어 인간 영혼의 수가 50억이라 치자. 지금 세계인구가 어떻게 되지? 70억 정도 되지. 나머지 20억은 뭘까. 금수의 영혼이라는 거야. 금수, 애니멀. 그렇다면 이해되지 않아? 어떻게 저런 인간이 있을 수 있는지가. 껍데기만 인간인 거야. 영혼은 곤충이야. 버러지라고. 바퀴벌레나 구더기 같은 버그. 오케이?"

술기운이 올라와 더운지 여성은 창문을 열었다. 초여름의 서늘한 바람이 한 줄 불어와 대시보드를 스치고 지나갔다.

"이놈의 차를 바꾸든지 해야지 에어컨 틀면 시궁창 냄새가 난다."

주인은 작년에도 에어컨 필터 교체를 안 하고 버티더니 올여름도 그냥 날 모양이었다. 주인은 여성을 힐끔 보고는 자신의 가방에서 머리끈을 꺼내 주었다.

"좀 묶어라. 안 덥냐? 보는 내가 다 덥네."

여성은 검은색 긴 생머리를 가슴께까지 드리우고 있었다. 주인이 내민 고무줄을 망설이다 받았다. 조수석 선바이저를 내려 거울을 보며 여성은 머리를 포니테일 스타일로 묶었다. 주인은 실내등을 켰다. 그러다 보았다. 여성의 목에 드리워진 희미한 붉은 선을.

"우리, 닮은 데가 있긴 하구나."

두 사람의 눈이 내 안에서 마주쳤다.

다시, 미셸

"넌 왜 항상 검은색 옷만 입어? 볼 때마다 블랙이네."

인선이 한 쪽 눈썹을 치켜뜨며 물었다. 내가 늘 검은색 옷을 입는 것을 그녀가 아는 것처럼, 뭔가를 물어볼 때마다 눈썹을 치켜뜨는 버릇을 가지고 있다는 것을 내가 알 정도로 최근 우리는 자주 만났다.

"옷이 없어?"

"이건 내 인생의 상복이야."

"상복? 상복이 뭔지나 알고 하는 소리야?"

인선이 얼굴을 찌푸리며 되물었다.

"알아. 장례식 때 입는 옷."

"오늘 같은 날 참, 어울리는 복장이군."

재수없게스리. 중얼거리는 인선을 보곤 체호프의 연극 《갈매기》의 첫 대사라는 말을 하려다 나는 그만 입을 다물었다. 자신의 불행한 인생에 조의를 표하는 여자를 한국말로 어떻게 설명해야 할지 엄두가 안 났다.

인선과 나는 정말 여러모로 달랐다. 큰 골격에 어두운 피부톤과 어두운 성격, 낮은 목소리를 지닌 나와는 달리 인선의 목소리는 하이톤이었고 피부도 크림파스타처럼 하얬다. 성격도 옷 색깔만큼이나 밝았다. 그녀는 사랑받고 컸을까.

"내가 네 몸매였으면 나는 패션쇼 했을 거야. 쭉쭉 빵빵, 얼마나 좋아."

"쭉쭉 빠방?"

"글래머라는 얘기야. 나올 데 나오고 들어갈 데 들어간 바디."

"아."

글래머라는 말에 나도 모르게 얼굴이 달아올랐다. 이런 나를 힐끔 쳐다보곤 인선이 말했다.

"너랑 나랑 닮은 점이 뭔지 알아?"

"닮은 점?"

"미모야, 미모. 내가 또 한 미모하거든."

말끝에 큭큭 웃음이 따라붙었다. 인선의 웃음은 전염된다. 그녀와 함께 있으면 나도 덩달아 밝아지는 것 같아 기분이 좋아졌다. 슬며시 웃음이 나왔지만 참았다. 오늘은 그러면 안 될 거 같았다.

파란불에서 노란불로 바뀌자 인선은 액셀을 더 밟아 좌회전 신호를 받았다. 그 바람에 기우뚱 옆으로 몸이 쏠렸다. 나는 인선의 차를 탈 때마다 마음이 조마조마하다. 손을 조심스럽게 올려 사이드 손잡이를 꽉 잡았다. 아직 죽으면 안 되니까. 뒷자리를 슬쩍 돌아보았다. 아버지는 여전히 잠들어 있었다.

그제 저녁이었다. 퇴근하려고 공장을 나서는데 인

선의 낡은 빨간색 자동차가 보였다. 차에 올라타자 인선의 표정이 좋지 않았다. 나는 직감적으로 아버지 때문이라는 것을 알았다. 인선은 내가 안전벨트를 매자 바로 차를 출발시켰다.

"사람들이 쳐들어왔어."

"무슨 사람들?"

"빚쟁이들."

"빚쟁이? 빚? 아, 채권자."

"쳇, 한국어 박사 나셨네."

나도 채권자라서 그런 단어쯤은 알고 있다고 말하려다가 말았다. 인선의 운전이 더욱 난폭해졌기 때문이다.

"무슨 빚?"

"아버지 빚. 아버지가 또 사기를 쳤고 그들이 또 나를 찾아왔어. 그리고 나를 들들 볶겠지. 나는 버틸 거고 둘 중 하나 나가떨어질 때까지 계속 그럴 거야. 어떻게 아냐고? 한두 번이 아니거든."

아버진 알면 알수록 내가 생각했던 것보다 훨씬 형편없는 사람 같았다.

"중요한 건, 그들이 이젠 너한테도 갈 거란 거야."

"나를? 왜?"

"너도 이제 혈연관계니까. 유전자 검사로 네가 증명했잖아. 아버지 자식이라는 거."

"아……"

뭔가 내 발등을 스스로 찍은 기분이었다.

"피가 그렇게 무서운 거다. 아주 지긋지긋한 거지."

인선은 혼잣말인 듯 중얼거리며 차를 몰았다. 운전대를 꽉 잡고 있는 옆모습이 무서웠다. 결기가 느껴지는 표정이었다.

"계획을 앞당긴다."

침이 꿀꺽 넘어가는 소리가 크게 들렸다. 그 계획이라면, 나는 아직 준비가 안 됐다고 말하려는 순간 인선이 선수를 쳤다.

"내일모레. 싫으면 넌 빠져."

내일모레면 목요일, 다음 날 잔업이 있다. 한 명이 빠지면 그만큼 잔업 시간이 길어진다. 살아 돌아오지 못한다면 다른 동료들에게 폐를 끼치게 된다. 왜 하필 목요일이냐고 물으려는 순간 인선이 갓길에 차를 세웠다.

"여기야. 내려."

어딘지는 모르겠지만 서울에서 꽤 멀리 왔다는 생

각이 들었다. 2차선 도로 왼쪽으로는 강이 흐르고 있었다.

"저 아래, 교통사고 다발 구역이라고 쓰여 있는 데 보여? 여기가 일명 공포의 도로야. 한 달에 평균 열 건 이상 꼬박꼬박 일어나. 오늘까지 일곱 건이 일어났어. 여덟 번째 사고는 내일모레 난다."

"목요일?"

"목요일에 비 소식이 있거든. 차가 미끄러지기 좋은 날이지."

인선은 양팔을 위로 올려 기지개를 켜며 말했다. 인선의 말에 의하면 이 도로는 180도 U자형으로 가파르게 꺾여있어서 자칫하면 가드레일을 들이박고 추락한다 했다. 그리고 그 아래는 바로 강이었다.

"수영할 줄 안다고 했지?"

어깨가 넓다고 놀렸을 때 수영으로 다져진 거라고 했던 말을 인선은 흘려듣지 않은 모양이었다.

"물에 빠지는 순간 너랑 나는 차 문을 열고 나올 거야. 레커차가 올 때까지만 시간을 벌면 돼."

"레커차가 언제 올 줄 알고?"

"저기."

인선이 오른손 검지를 들어 가리킨 곳을 눈으로 좇
으니 가든이 보였다. 누룽지 백숙이라고 쓰여 있었다.

"저 집 직원들 휴대폰에 레커차 번호 없는 사람 없
을걸."

제일 먼저 신고하는 사람에게 5만 원이 돌아간다고
했다.

"아버지는?"

인선이 한쪽 눈썹을 치켜뜨며 내게 말했다.

"얘와 함께 수장되는 거지."

자신의 빨간색 마티즈 보닛을 탕탕 치면서.

"어차피 안 보여서 나오지도 못할 텐데."

참, 아버지는 눈이 어둡지. 나는 아버지의 회백색 눈
동자를 떠올렸다. 부어오른 뒤꿈치. 그의 눈도 저렇게
어두웠을까. 그의 불행한 이름은 누가 지었을까.

내 친구 중에도 그런 애들이 많았다. 아비들이 한국
어로 남겨주고 간 이름들. 한국어를 알면 알수록 괴로
워졌다. 버림받은 여자들이 가져온 쪽지를 읽을 때마
다 신부님의 표정이 왜 그랬는지 알 것 같았다. 슬픔과
분노가 차오르던 눈빛으로 망연히 허공을 쏘아보던 시

간. 그 불편한 침묵이.

와이퍼가 뽀득뽀득 소리를 내며 좌우로 움직였다. 서울을 떠날 때는 부슬부슬 내리던 비가 제법 빗방울이 굵어졌다. 인선은 다시 한번 계획을 브리핑했다. 말을 하는 인선이나 듣고 있는 나나, 확신이 안 서기는 같았다.

강물은 얼마나 차가울까. 다리에 쥐가 나면 어떡하지. 수영해본 지 오래됐는데. 창문 너머 백숙집 간판을 살폈다. 불이 들어온 것을 봤을 때 영업은 하는 거 같은데. 하필 그 시간에 단체 손님이 들이닥쳐 직원들이 바빠지면 어떡하지. 사고 나는 것을 아무도 못 본다면. 이게 과연 실현 가능한 계획일까. 그때였다.

"그거였냐."

인선과 나는 흠칫, 놀라 서로를 바라봤다. 아버지의 목소리였다.

누군가 우리를 굽어보고 있다면

"그게 너희 계획이냐고. 나를 죽이려는."

아비는 마치 다 알고 있었던 것처럼 말했다. 두 딸은 소름이 끼치는 듯 목덜미를 움츠린 채 말이 없었다. 갑자기 깨어난 아비 때문에 놀랐겠지. 이건 계획에 없는 일이다.

"내 전과 다 합치면 너희 나이보다 많다. 남 사기치는 게 어디 쉬운 줄 알았냐."

실은 다 알고 있었다. 딸들이 자신을 찾아왔을 때부터 냄새가 났다. 자신이 평생 맡아왔던 낯익은 냄새, 사기의 냄새가. 계획은 나쁘지 않았다. 나름대로 치밀했고 하늘이 도와 계획대로 비까지 와주다니 순조롭다 할 수 있지만, 한 가지 놓친 게 있었다. 딸들은 어설프게도 자신에게 수면제를 탄 음료를 내밀었다. 뚜껑을 따는 척하며 줄 때부터 알아봤다. 유리병에 든 비타민 음료였다. 따닥, 하고 따는 소리가 들리지 않았던 것이다. 너희는 아직 멀었다. 아비의 얼굴에 희미한 미소가 떠올랐다. 나중에 부검할 때 수면제 성분은 검출된단다. 그럼 말짱 꽝이지. 아비는 음료를 입에 문 채 삼키지 않았다. 곧바로 잠든 척 연기를 했고 딸들이 한눈팔 때 차 바닥에 뱉어 버렸다.

"닥쳐요, 아버지."

인선이 낮게 중얼거렸다.

"어차피 곧 있음 그렇게 될 텐데 야박하게 굴지 마라. 부탁 하나만 하자. 화장은 하지 마. 물귀신 되는데 태우면 두 번 죽는 거잖아. 그냥 아무데나 묻어줘."

"아버진 죽는 순간까지 말이 많네요."

인선이 룸미러로 아비와 눈을 맞췄다. 마주쳤다는 건 인선의 생각일지 몰랐다. 아비의 눈은 이제 뿌연 안개뿐이므로. 쳇, 우리는 꼭 살 것처럼 말하네. 이건 복불복이라고요. 인선은 핸들을 잡은 손바닥에 땀이 고이는 것을 느꼈다. 어디서부터 알고 있었던 걸까. 아버지의 피가 흐르고 있다고 생각했던 건 착각이었다. 나는 아버지와 다르게 사기에 소질이 없는 것 같다. 아니지, 아버진 한 번도 성공한 적이 없는데. 그렇다면 나는 역시 아버지의 피를 물려받은 것일까. 인선은 입술을 깨물었다.

"그만 가자."

아비는 두 손을 무릎 위에 나란히 포개고 정자세로 앉아있었다. 마치, 나는 이미 준비가 끝났다는 듯이. 이렇게 끝날 줄은 몰랐다. 그렇지만 꼭 아쉽지도 않으니 나도, 세상도 서로에게 진력이 난 모양이다. 오히려 홀가분하다. 내가 죽으면 사람들은 뭐라 할까. 죽어도 싸다 할지 모르지. 하지만 죽어 마땅한 인생이 어디 있담. 그래도 자식들 손에 죽다니, 다행이다. 그나저나 저 녀석은 왜 사서 고생을 하는 걸까. 아비는 미셸의 뒤통수를 이해할 수 없다는 표정으로 바라보았다.

미셸도 가슴 위를 가로지르는 안전벨트를 두 손으로 꼭 잡은 채 시선은 정면을 향했다. 아버지는 언제부터 깨어있었던 걸까. 아버지를 기다린 시간 30년, 수소문한 시간 3년, 찾은 시간 3개월보다 아버지를 알게 된 시간 3개월이 더 길게 느껴졌다.

유리 너머 강의 수면은 무대처럼 잔잔해 보였다. 이제 눈먼 아비와 두 딸이 무대에 오를 차례였다. 그들의 마지막은 어떻게 될까. 미셸은 고향에서의 기억을 떠올리려고 노력했다. 그러자 엄마의 얼굴이 떠올랐다. 자신을 내려다보며 성호를 긋고 있었다. 인선은 오른발을 브레이크에서 떼어 액셀로 옮겼다. 급출발 급제동을 싫어하는 주인이 웬일인지 있는 힘껏 액셀을 밟았다. 갑작스러운 충격에 놀란 자동차의 늙은 엔진에서 부아앙 터질 듯 소리가 났다. 그 소리와 더불어 아비가 입을 뗐다.

"사기의 완성은 성공이다. 너희는 꼭 살아라."

아비는 딸들에게 당부의 말을 유언처럼 남긴 채 눈을 감았다. 하지만 마지막 말은 자동차의 심장 소리에 묻혀 그들에게 닿지 못했다.[1]

---

1 '푸대접 받는 아이는 푸대접 받는 아내가 된다' 이 문장은 《핑거 스미스》(세라 워터스 지음, 최용준 옮김, 열린 책들, 2016)에서 인용했다.

아마존의 여전사는 활을 빨리 쏘기 위해 한쪽 젖가슴을 도려낸다.

덜렁거리는 가슴은 사냥이나 전투에 아무 도움이 되지 않기 때문이다.

한 명이 가슴을 툭 잘라내고 활쏘기에 능률이 오르자

너도나도 잘라내서 아마존의 여자들은 모두 유방이 하나뿐이다.

그 후 한쪽 가슴은 용감한 여전사의 상징이 되었다.

그녀의 이름을 보았다

그녀가 깨어났다.

의식이 돌아온 것이다. 병실에는 그녀와 나 둘뿐이었다. 그녀가 깨어날 확률은 매우 희박하다고 모든 사람이 말했다. 하지만 그녀는 내 말을 듣고 반응했다. 내 말 들려? 톡. 예스면 한 번, 노면 두 번. 손가락을 까딱까딱하며 미약하지만 반응하고 있었다. 기쁨보다 한발 앞서 절망이 도착했다. 가슴이 두근거렸다. 벽시계는 새벽 6시를 가리키고 있었지만 창밖은 아직 어두웠다. 왜 하필 오늘이지. 수술까지 3시간이 남았다. 수진이의 얼굴이 떠올랐다. 건물과 건물 사이를 연결한 하늘다리를 건너면 소아청소년과 병동 1120호에 딸이 있다. 그 아이에게 뭐라고 해야 하나.

그녀의 얼굴을 바라보았다. 여위고 누렇게 뜬 안색은 누가 봐도 산송장이었다. 의사는 이런 경우 어떤 의학적 소견을 제시할까. 담당의는 뇌사자가 깨어날 확률은 제로에 가깝다고 했다. 그렇다면 심장 공여를 하루 앞둔 뇌사자가 깨어날 확률은 몇 퍼센트일까. 게다가 그 뇌사자가 할머니고 그 심장을 받을 사람이 손녀인 경우라면. 가장 중요한 것은 할머니와 손녀 사이에 낀 여자, 바로 나였다.

선택해야 해. 눈을 감으며 작게 중얼거렸다. 그녀가이 말을 들었을까. 뼈만 남은 그녀의 앙상한 손에서 온기가 느껴졌다. 나는 우선 아무것도 하지 않기로 했다. 그것은 이 새벽이 끝나기 전 그녀에게 그동안 못다 한 이야기를 해야 하기 때문이다. 나는 조용히 그녀를 불러보았다.

"잔다크? 그게 누군데?"

의아해하는 내 대답에 그녀는 실망하는 빛으로 눈을 돌렸다.

"내가 알면 너한테 묻겠냐."

어느 날 그녀가 나를 불러 놓고 물었다. 내가 중학생이었고 그녀의 젊음이 아직 남아있었을 때였다. 평소와 달리 화장대에서 오래 단장을 한 후였는데 친척 결혼식이었거나, 아니면 계모임에서 가는 단풍놀이거나 둘 중 하나였을 것이다. 그녀의 외출은 그 한도 내에서 벗어난 적이 없었다.

그녀는 약간 홍조 띤 얼굴이었다. 뜨거운 순대를 만지기 위해 늘 목장갑 위로 비닐장갑을 끼었던 손이 무릎 위에 가지런히 모였다. 나는 그녀의 맨손을 낯설게 보았다. 마디마다 대나무처럼 옹이져 있고 끝이 뭉툭한 노동자의 손이었다. 향기로운 핸드크림을 발라도 인이 박인 순대 냄새가 지워지지 않는 손이었다. 그 손이 수줍게 서로를 맞잡고 있었다. 내 눈은 아마 그 손에 박혀 있었을 것이다. 그녀의 얼굴을 보고 나는 곧 그녀가 말하는 게 잔 다르크라는 것을 알았다.

아버지는 술에 취하면 그녀를 잔 다르크라고 불렀다. 나는 그녀에게 뭐라고 설명을 해야 할지 잠시 고민했다. 세계사 시간에 배우긴 했지만 장황한 설명을 하기에 좀 귀찮은 감이 있었다. 하지만 그녀의 눈빛을 보고는 설명을 안 할 수 없겠다는 생각이 들었다. 그녀는 나를, 그럼 그렇지 네가 알겠냐,라는 듯 봤던 것이다. 나는 잠시 생각하는 척 뜸들였다가 말했다. 옛날 프랑스에 뭐 그런 여자가 있었다고.

"마녀로 몰려서 화형을 당했는데. 우리나라로 치면……"

"마녀?"

그녀는 더욱 실망하는 빛으로 됐다,하며 고개를 돌렸다. 우리나라로 치면 유관순 열사에 가깝다고 말하려고 했는데 그녀는 마녀에서 내 말을 끊어버렸다. 아버지는 자신이 술을 마실 때마다 순대 썰던 칼을 높이 쳐들고 봉기하는 그녀를 두고 잔다크, 우리 잔다크가 왔다며 도망 다니기 바빴다.

그녀는 시장 한구석에 좌판을 펴고 순대를 팔았다. 커다란 양푼에 똬리를 튼 순대는 간이나 염통 등 다른 내장들과 함께 김이 모락모락 났다. 근처 초등학교 아이들이 하교하는 시간이면 그 주위가 버글버글했는데 100원을 내면 아이들 손목 두께에 아이들 손바닥 길이 정도의 순대를 숭덩 썰어 주었다. 그리고 그 가운데를 세로로 깊이 칼집을 내고 비닐장갑을 낀 손가락으로 소금 간을 찍어 칼집을 훑은 후 종이로 끝을 싸매주는 것을 잊지 않았다. 아이들은 그렇게 순대 한 토막씩을 테이크아웃으로 먹으면서 다음 코스인 집이나 학원으로 이동하곤 했다.

　나와 동생도 마찬가지였다. 그녀는 우리에게도 똑같은 크기의 순대 토막을 쥐여주고 똑같이 돈을 받았다. 애초에 용돈에는 순댓값이 책정되어 있었다. 밖에서 보는 그녀에게 우리는 순대를 테이크아웃 하러 오는 고객이나 마찬가지였다. 어차피 아침에 준 용돈을 오후에 다시 회수해 가는 것이었는데도 그녀는 그 방식을 고수했다. 우리도 그 방식이 편했다. 그 관계의 방식은 집에서도 이어졌는데 그녀의 몫이 돈을 벌고 밥을 해서 우리를 먹이는 사람이라면 우리의 몫은 그것을 먹고 성장하면서 학생의 본분인 공부를 하는 것이었다. 그러니까 그녀가 부지런히 의무를 수행할수록 우리도 부지런히 책임을 다했다. 시스템은 처음 구축만 잘해놓으면 큰 말썽 없이 굴러가게 되어있다. 그녀가 순대를 썰어 우리에게 내미는 시간 동안 우리도 큰 말썽 없이 성장했다.
　문제는 아버지였다. 아버지는 시스템의 버그 같은

존재였는데 견고한 시스템망을 한순간에 날려버릴 만큼 위력이 큰 바이러스였다. 아버지는 할아버지에게서 복덕방을 물려받았다. 아버지가 물려받은 후 그 복덕방은 경기를 타지 않았다. 경기가 좋을 때도 벌이가 없었고 안 좋을 때도 없었다. 아버지 친구들이 모여 고스톱을 치거나 사업구상을 하거나 술을 마시는 일종의 아지트 역할을 할 뿐이었다. 보다 못한 그녀는 복덕방을 접고 분식집을 내면 어떻겠느냐고 넌지시 말을 꺼냈다. 그녀의 순대 좌판이 벌이가 훨씬 좋았기 때문이다. 그녀는 조금 더 욕심을 내서 떡볶이와 김밥을 같이 팔 생각이었다. 하지만 아버지는 일언지하에 거절했다. 내 꿈을 그런 식으로 짓밟지 말라는 것이었는데 아버지의 꿈은 약간 부끄럽게도 연기자였다. 아버지의 복덕방 벽면에는 지도 대신 영화배우의 브로마이드가 걸려있었다. 주로 잉그리드 버그만이나 비비안 리, 험프리 보거트 등의 흑백 사진이었는데 문을 열고 들어선 사람들은 사진관에 온 것인지 어리둥절해서 다시 나가 간판을 보는 식이었다.

그렇다고 아버지가 배우의 길로 들어서기 위해 노력을 했냐 하면 그것도 아니었다. 다만 소싯적 잠깐 있었던, 같은 극단 배우들과 함께 '연기와 삶'에 대해 논하거나 최근 잘 나가는 배우들의 연기에 대해, 더 나아가 감독의 연출에 대해 논평하기를 즐겼다. 그러다 밤이 깊어지면 앞으로 인생에서 오지 않을 기회에 대해 한숨이 오가고 술이 오가고 급기야 노래가 오갔다. 그리고 잠시 후 아버지는 그녀가 자신을 향해 잘 벼린 칼을 들고 질주하는 것을 보게 된다. 그럴 때면 아버지는 그녀를 잔 다르크라고 불렀다. 잔다크, 우리 잔다크가 온다! 아버지뿐 아니라 아버지의 친구들도 잔다크의 날카로운 칼과 혀를 피하고자 허둥지둥 신발을 꿰어 신고 앞다투어 뒷문을 향해 도망가기 바빴다.

그러다 어느 날 아버지는 정말, 그녀의 칼에 맞았다. 좀 어이없는 상황이었다. 늘 그랬듯이 그것은 일종의 퍼포먼스였다. 그녀는 아버지의 무능함에 대해 위협을 하고 아버진 방어를 하는 매우 지루한 연극이었다. 소품으로 그녀는 자신의 도구이자 무기인 칼을 이용했는데 동생과 나는 아직 어린 우리 앞에서 저런 비교육적인 모습을 보여도 되는 건가 하는 의문을 가졌다. 하지만 그녀의 칼은 흉기라기보다는 자신의 편을 들어 줄 친구나 친정엄마와 같은 느낌이었다. 그렇게 지루한 퍼포먼스가 이어지던 중 그날따라 서로의 동선이 꼬이면서 약속에 없는 몸짓을 주고받게 된 것이다.

그녀의 칼끝이 아버지의 팔뚝을 스쳤고 그 자리에서 곧 붉은 피 한 줄기가 배어 나왔다. 벤 사람도 베인 사람도 그것을 보고 있던 우리도, 심지어 칼까지도 당황스러웠다. 예정에 없던 일이었다. 하지만 더욱 어이없는 것은 그 후의 상황이었다. 그녀는 자신의 칼을 유심히 보았다. 푸르스름한 빛을 뿜고 있는 날렵한 식칼이었다. 얼핏 보면 등 푸른 고등어처럼 보이기도 했다. 아버지를 지혈하면서 나는 그녀의 눈빛을 보았다. 그녀는 그동안 수렵과 채집을 함께 했던 동료를 보듯 칼을 보았다. 그리고 상처를 동여맨 붕대가 붉게 물들 무렵 그녀는 고개를 들었다. 이전과는 사뭇 다른 모습이었다.

문 열리는 소리에 흠칫 놀랐다. 아버지였다. 아버지는 나를 이상한 듯 쳐다봤다.

"뭐 훔쳐 먹었냐?"

1인용 병실에 식물인간과 단둘이 있었던 사람치고

좀 심하게 놀란 모양이었다. 나는 아무것도 아니란 듯 고개를 저었다. 아버지가 가까이 다가오자 이름 모를 찌개 냄새가 훅 풍겼다. 더불어 희미하게 알코올의 향이 느껴졌다. 미간에 힘이 들어갔다.

"술 드셨어요?"

"순댓국 먹었다. 요 앞에 24시간 하는 집. 고기는 몇 점 없고 국물도 싱겁더라."

아버지는 집에 반찬은커녕 밥도 없다며 투덜댔다. 이 상황에 밥 타령이라니. 나는 해석할 수 없는 암호를 읽는 심정으로 아버지를 보았다. 불콰한 눈빛이 충혈됐다. 아버지가 고기를 좋아했던가. 순대와 허파, 염통, 머릿고기 등속을 넣고 뚝배기에 뜨겁게 끓여낸 순댓국이 떠올랐다. 부추와 청양고추를 가득 넣고 들깻가루를 쳐서 한 숟가락 후루룩. 뜨거운 순대 하나를 건져내 새우젓을 찍어 입속에 넣으면 말캉하고 쫀득하게 씹히는 찹쌀과 당면. 추울 때 순댓국에 밥 한 공기 말아먹으면 배가 벌떡 일어나지. 그녀의 말이 귓가에 맴돌았다.

"수진이는 어떠냐."

"똑같아요."

"고 어린것의 염통이 어째 늙은 놈만 못해."

쯧쯧 혀를 차는 아버지에게서 마늘 냄새가 났다. 나는 미간에 더욱 힘을 주었다. 아버지와 나는 닮은 점이 요만큼도 없었다. 체질도 달라서 아버지는 한겨울에도 집에서 러닝셔츠와 반바지만 걸친 채 훌훌 다니는 데 반해 난 여름에도 전기장판을 1도에 맞춰놓고 잤다. 그러니 여름엔 에어컨으로 겨울엔 보일러로 다투기 일쑤였고 국수를 삶을 때도 그녀는 아버지에겐 비빔국수를 내게는 잔치국수를 따로 만들어 주어야 했다. 외모도 달랐다. 키가 훤칠하고 눈이 부리부리한 아버지와는 달리 홑꺼풀에 키가 작은 나는 내가 아버지의 딸이 맞는지 끊임없는 의혹에 시달렸다. 그러면서 아버지가 내게 화를 내거나 서운하게 하면 아버지도 분명 같은 생각을 하고 있을 거라 확신했다. 하지만 가끔 이런 의혹을 불식시키는 일도 있었는데 바로 염통이었다.

아버지와 나는 돼지 부위 중에서 염통이라면 사족을 못 썼다. 염통의 쫄깃하고 고소한 맛은 간이나 오소리감투에 댈 게 아니었다. 하지만 염통은 돼지 내장 중 가장 적고 귀한 부위였기 때문에 그녀는 내게 염통을 잘 내주지 않았다. 가끔 아버지의 안주상에 오르기는 했다. 그럴 때면 난 아버지의 주사 섞인 잔소리가 죽도록 싫으면서도 그 앞에 앉았다. 하지만 아버진 내게 한 조각의 염통도 주지 않았다. 내가 먹고 싶어 한다는 걸 알면서도 아버진 혼자 접시를 다 비웠다. 그럴 때면 또다시 의혹이 고개를 들었다. 난 다리 밑에서 주워 온 게 분명해.

"그래도 산 사람은 살아야지. 어차피 죽으면 썩어 문드러질 몸뚱이."

어깨너머로 아버지의 목소리가 들렸다. 그녀의 손가락이 내 손안에서 톡톡, 빠르게 움직였다. 나는 두 손으로 그녀의 손을 감쌌다.

"그런데 방금 누구랑 얘기하고 있었냐?"

"아뇨."

"말소리가 들린 거 같은데."

가느다란 손목에서 파란 핏줄이 비쳤다. 그녀가 손가락을 움찔할 때마다 핏줄이 희미하게 흔들렸다. 흔들리는 핏줄에 눈길이 고정됐다. 등에서 땀 한 방울이 도로록 흘렀다. 등 뒤에서 문이 닫히는 소리가 들렸다. 내 두 손안에서 그녀의 손가락이 부르르 떨렸다. 이 떨림은 반가움일까, 분노일까. 이럴 줄 알았으면 모스 신호라도 같이 배워뒀으면 좋았겠다는 생각이 들었다. 나는 결국 그녀가 깨어났다는 말을 못 했다. 아무에게도 할 수 없었다. 아버지에게, 의사에게, 수진이에게, 그녀에게조차도.

이 세상 딸들이 흔히 그렇듯 어릴 적엔 아빠랑 결혼하겠다고 하다가 커서는 아버지 같은 사람은 죽어도 안 만나겠다고 했지만 결과적으로 나는 아버지보다 못한 남자와 결혼했다. 적어도 아버진 가족을 버리진 않았다. 남편은 내게 빚과 생활고와 심장이 약한 아이를 남기고 떠났다. 모든 상황을 내게 떠넘겼다. 그를 이해 못 하는 건 아니다. 나도 떠넘길 사람만 있었으면 아무도 못 찾는 곳으로 숨었을 것이다. 아이가 언제 또 발작을 일으킬지 무섭고 이자를 갚아야 할 날짜가 다가오는 게 무섭고 우편함에 꽂혀 있는 고지서들이 무서울 때마다 나는 남편을 증오하는 한편 부러워했다. 그녀라면 어떻게 했을까. 그녀에게 묻고 싶었다. 이 무서움을 어떻게 했는지.

아버지를 얼떨결에 찌르고 나서 그녀가 한 일은 복

덕방을 처분하고 상가건물 내에 순댓국집을 차린 것이었다. 아침에 출근하는 그녀의 모습은 아마존의 여전사처럼 당당하고 비장했다. 순댓국집은 나날이 번창했다. 변한 건 별로 없었다. 예전처럼 나와 동생은 학교가 끝나면 저녁으로 그녀가 내주는 순댓국을 먹었다. 우리는 순댓국을 먹고 무럭무럭 자랐다. 그녀는 화수분 같았다. 순댓국을 팔아 동생과 내 학비를 대고 집을 사고 우리를 먹여 살렸다. 물론 아버지의 술값도 거기서 나왔다. 그녀의 순댓국은 맛있었다. 그동안 순대 좌판에서 노하우를 익혔던 것도 한몫할 테지만 다른 가게에서는 없는 특별한 뭔가가 있었다. 입맛이란 게 비슷한 구석이 있어서 사람들도 그 특별한 뭔가를 찾아 그녀의 순댓국집은 늘 북적북적 손님이 많았다.

내가 대학 입시를 치러 가던 날 아침 그녀는 새벽에 홀로 가게에 나왔다. 밖은 아직 어두웠고 추웠다. 그녀는 고기를 듬뿍 넣고 국을 끓였다. 단 한 그릇. 나를 위한 것이었다. 그녀와 나 둘뿐인 가게는 휑뎅그렁했다. 가스난로 위에 올려둔 주전자에서 보리차 향이 은은하게 흘러나왔다. 그녀는 큼직하게 썬 시큼한 깍두기와 함께 김 나는 순댓국을 내왔다.

"뜨끈하게 먹고 가. 배가 든든해야 머리도 돌아가는 법이다."

뱃속에 뜨거운 국물이 들어가니 한기가 가셨다. 그 날따라 순댓국물은 유독 구수하고 진했다. 순대를 건져서 후후 불어 새우젓에 찍어 먹었다. 염통도 들어있었다. 후루룩후루룩 국물을 떠먹는 나를 그녀는 무연히 바라보다 물었다.

"순댓국이 왜 맛있는지 아냐."

"몰라."

수학 공식을 되뇌고 있는데 자꾸 말 시키는 게 귀찮았다. 아무래도 수학을 포기해야 할까. 다른 과목에서 수학 점수를 만회할 수 있을까. 밀려 쓰면 어쩌지. 재수를 해야 하나. 이런저런 생각으로 머릿속이 시끄러웠다.

"애간장을 끓여내서 그런다."

그녀는 끙, 소리와 함께 일어서며 말했다. 보온병에 뜨거운 보리차를 넣고 도시락을 챙겨 내게 내밀었다. 나는 보온병과 도시락을 가방에 담고 가게 문을 나섰다. 문을 열자 찬바람이 목도리 안으로 파고들었다. 입시한파였다. 밖을 나서니 가게 안이 따뜻했다는 생각이 들었다.

식당 평수를 점점 넓히고 그녀는 더욱 오랜 시간을 가게에서 보냈다. 가게는 번창하고 집은 넓어지고 우리는 제법 주머니가 두둑해졌다. 동생과 나는 대학을 가고 졸업을 하고 남들처럼 미취업자로 빈둥거리다가 적당한 곳에 적당한 타협을 하고 취직을 했다. 그리고 적당한 핑계를 대고 나와 다시 적당한 곳을 물색했다. 그러다 만난 적당한 사람과 적당히 결혼하는 수순을 밟았다. 그 모든 가운데 그녀가 있었다. 우리는 그녀를 믿었다. 이렇게 적당히 살아도 그녀가 우리를 적당히 살 수 있게 해줄 거라는 믿음이 내심 있었다.

장사는 사업이 되면서 점차 가속도가 붙었고 그러던 어느 날 툭, 그녀가 쓰러졌다. 과로였다.

"잘 먹고 좀 쉬면 된다."

그녀는 대수롭지 않게 말했다. 하지만 의사는 다른 진단을 내렸다.

아마존의 여전사는 활을 빨리 쏘기 위해 한쪽 젖가슴을 도려낸다. 덜렁거리는 가슴은 사냥이나 전투에 아무 도움이 되지 않기 때문이다. 한 명이 가슴을 툭 잘라내고 활쏘기에 능률이 오르자 너도나도 잘라내서 아마존의 여자들은 모두 유방이 하나뿐이다. 그 후 한 쪽 가슴은 용감한 여전사의 상징이 되었다.

아마존, 유방 없는 여자들의 이름.

일간지에 주말마다 딸려오는 섹션에서 언젠가 읽은 칼럼의 내용이었다. 우리가 적당히 사는 동안 그녀는 더 넣을 것이 없어지자 자신의 한쪽 유방을 칼로 슴벅, 썰어 넣고 저었다. 나는 그녀의 왼쪽 가슴을 손으로 더듬었다. 벌목 당한 민둥산처럼 허허벌판이었다. 환자복을 들치니 길게 대각선을 그린 칼자국이 드러났다. 용감한 여전사의 상징. 나는 집게손가락으로 칼자국을 따라 그어보았다. 그동안 나는 얼마나 많은 순댓국을 먹었던가.

창밖으로 어둠이 빛에 희석되는 게 보였다. 어둠과 빛의 농도 7:3. 어둠의 농밀함은 점차 옅어져서 곧 사라질 것이다. 어둠이 사라지기 전까지 나는 이야기해야 한다. 그녀가 손가락을 움직였다. 톡톡. 계속 말하라는 신호였다.

그녀가 병원에 있는 동안 가게의 매상은 반절로 줄었다. 아버지는 온종일 카운터에 앉아 들어오는 손님에게 인사를 하고 나가는 손님에겐 돈을 받고 인사를 했다. 그리고 나날이 줄어드는 매출을 망연히 바라볼 뿐이었다. 퇴원 후 그녀는 달라졌다. 여전사의 비장함이나 당당함은 퇴색되고 쇠락해있었다.

그날 그녀가 내게 물었다. 성 아가타가 누구냐.

"누구?"

나는 그녀가 내민 종이를 들여다보았다. 병원에서 유방암 환자들의 교육용으로 쓰는 팸플릿이었다.

St. 아가타. 유방암 환자의 수호성인.

잘린 자신의 유방 두 개를 쟁반에 소담히 담아 들고 서 있는 여자의 모습은 좀 그로테스크해 보였다. 그녀는 왜 이 여자가 자신의 가슴을 쟁반에 들고 이러고 있는지 궁금한 거였다. 그건 나도 궁금했다. 게다가 수호성인이라니. 인터넷에 접속해 검색했다. 3세기경 시칠

리아에서 활동한 전설상의 그리스도교 성녀이자 순교자라. 뭔가 고난이 많았던 여자 같았다. 그리스도를 부인하라는 명을 거절해서 로마 이교도들에게 유방이 잘리는 잔인한 고문을 당했다고. 그래서 저렇게 한이 맺혀서 쟁반에 가슴을 들고 있는 거군.

그녀가 궁금한 듯 나를 쳐다봤다. 잔 다르크와는 달리 화형은 면했지만 이번엔 감옥에서 죽은 여자라는 사실이 걸렸다. 어떻게 설명해야 하나. 신념을 지켰다는 점에서 춘향이와 비슷하지 않은가. 춘향이가 변학도에게 수청을 들지 않은 형벌로 유방을 잘리게 되었다면. 그녀는 눈을 동그랗게 뜨며 물었다.

"뭐 그렇게 잔인한 놈이 다 있다냐? 안 자줬다고 그런 해코지를 해?"

"아니, 꼭 그것 때문은 아니고. 그러니까 춘향이는 동학도였던 거지. 종교적인 신념이 있었던 거야."

그녀는 더욱 심란한 표정으로 말했다.

"수녀였구나."

어쩌다 보니 성 아가타는 수녀 춘향이가 되어 있었다. 그것이 절개가 되었든 종교적 신념이 되었든 자신의 가슴을 음식 접시에 담아 내주는 모습은 그대로였다. 그녀는 그 그림을 한동안 바라보았다. 그 안에서 그녀가 찾는 것이 무엇일지 나는 괜히 조바심이 났다. 그녀의 시선을 잡아채기 위해 나는 그에 관련된 다른 자료들을 읊어댔다.

"이 성녀를 추모하는 의미에서 이탈리아에서는 제노비시라는 패스트리를 만든다네? 안에 커스터드 크림을 넣고 여자 가슴 모양으로 봉긋한 언덕을 만든 다음에 위에 설탕에 절인 체리를 얹는대. 맛있겠다. 먹어보고 싶지 않아?"

내 말을 묵묵히 듣고 있던 그녀는 돌아누우며 말했다.

"사람들이 참 무섭구나야."

그녀의 등은 작고 정말 겁에 질려있는 것 같았다. 한때 용맹하고 단단했던 그 등이 아니었다. 칼부림을 하던 그녀, 뚝배기를 나르던 그녀, 순대의 더운 김에 땀방울이 돋던 그녀, 칼보다 더 날카로운 혀로 사람들을 꼼짝 못 하게 하던 그녀가 아니었다. 나도 무서웠다. 우리는 더 이상 적당히 살 수 없을 것이라는 두려움이었다.

그녀가 성 아가타의 그림에서 뭔가를 찾으려 하는

동안 가게의 손님은 점점 줄어갔다. 그녀가 안 보이자 손님들은 주인이 바뀌었냐고 물었고 아버지는 아니라고 했지만 국물을 떠먹고는 에이, 주인 바뀌었구먼, 했다. 그리고 두려움은 곧 현실이 되었다. 대출을 무리하게 받아서 넓힌 가게는 매출이 저조해지면서 원금은커녕 이자 갚기에도 빠듯해졌다. 집세를 한 번 두 번 건너뛰면서 보증금이 날아갔다. 손님이 없는 가게는 부동산에 내놓아도 보러 오는 사람이 없었다. 권리금은 고사하고 계약했던 금액의 반도 안 되는 헐값으로 가게를 처분한 것은 오히려 고마운 일이었다.

그러는 가운데 툭, 그녀가 다시 쓰러졌다. 이번엔 뇌졸중이었다. 쓰러진 그녀는 편안해 보였다. 한 번도 이렇게 오래 누워본 적이 없었다는 듯 입가에 한줄기 미소가 번졌다.

"수진이 애비는 연락 없냐?"

못마땅한 표정으로 아버지가 어느새 내 앞에 우뚝 서 있었다.

"도대체 그놈은 뭐 하는 놈이기에 지 새끼 수술하는데도 안 와보냐."

남편 이야기를 꺼내는 건 나에 대한 공격의 신호탄이었다. 수술 날짜가 잡힌 후 딸은 이틀 전 소아병동으로 입원 수속을 마쳤다. 건물을 이은 다리 하나를 건너면 바로 나오는 병동인데도 아버진 손녀 병실엔 들르지도 않았다. 아버지가 그녀 곁에 있으면 내가 두 병실을 이렇게 미친년처럼 왔다갔다할 필요가 없다는 걸 아버지도 알고 있다. 아버지의 눈빛은 좀 전보다 더 풀려 있었다.

"너는 네 새끼가 중하냐, 네 에미가 중하냐."

충혈된 눈으로 아버지가 말했다. 나는 대답 대신 그녀를 잡은 손에 힘을 줬다.

"나는 네 새끼보다 내 마누라가 더 중하다."

나는 말문이 막힌 채 아버지를 보았다. 예전 같으면 그래서 어쩌라고요 소리쳤겠지만 나는 말없이 아버지를 째려보았다.

"네 새끼가 내 밥해줄 건 아니잖냐."

"밥 때문이라고요?"

기가 막혔다. 아버진 그녀가 깨어있다 해도 그렇게 말할 위인이었겠지만 그녀의 존재 따위 안중에도 없다는 듯 아무렇지도 않게 말했다. 남편과 정부의 밀어를 몰래 엿듣는 것처럼 나는 가슴이 두근두근 뛰었다. 이 모든 대화를 그녀가 듣고 있다. 그녀와 내 손 사이에서 누구의 것인지 모를 땀이 찼다.

"그깟 밥 때문이라면 제가 도우미 붙여 드릴게요."

아버지와의 대화는 늘 관성의 힘으로 간다. 거침없이 구르는 돌을 아버지도 나도 어쩌지 못했다.

"그런 순댓국을 아무나 만드는 줄 아냐."

심장이 떨리기 시작했다. 떨림이 말초신경을 타고 손끝으로 전해졌다. 나는 그녀에게 떨림을 들킬까 봐 손을 놔버렸다.

"지금껏 많이 드셨잖아요!"

나는 벌떡 일어나 문 앞에 섰다. 병실 문손잡이를 잡았을 때 아버지의 말이 날아와 뒤통수에 붙었다.

"그러는 넌 뭘 먹고 컸게."

문을 벌컥 열고 병실을 나왔다. 아버지에 대한 분노와 증오가 손끝까지 몰려왔다. 나는 주먹을 꼭 쥐었다.

"이기적인 인간."

병실 문밖에서 나는 제법 큰소리로 말했다. 소리가 아버지의 귀에 가 닿기를 바랐다. 하나, 둘, 셋. 심호흡을 했다. 아이가 아플 때 내 떨리는 심장을 다스리는 방법이었다. 그동안 깨달은 것은 새끼의 심장이 아프면 어미의 심장도 같이 아프다는 것이다. 병원 복도 창문으로 태양의 붉은 기운이 빌딩들 사이로 번졌다. 이제 곧 해가 뜰 것이다. 새벽의 기다림과는 반대로 해는 아기의 머리가 자궁을 빠져나오듯 기미만 비치고 나면 그 후는 숭덩, 미끄러져 내렸다. 해는 언제나 저렇게 떠오르고 모든 인간도 저렇게 태어난다. 통유리로 사방이 투명한 다리를 지나는 동안에도 해는 조금씩 모습을 드러냈다. 이래서 이름이 하늘다리였군. 10층 높이에 떠 있는 다리의 천장이 하늘과 가깝게 느껴졌다.

8인실의 아이들 속에 몸집이 가장 작은 딸이 잠들어 있다. 보라색 입술은 갈라져 피가 배어 나왔다. 바셀린을 발라줬어야 했는데. 양쪽 병실을 왔다갔다하느라 아이 입술에 바셀린 발라주는 것도 잊다니. 아버지가 병실을 지키면 내가 이렇게 바쁘진 않잖아요. 누구는 심장도 빼주는데 그게 그렇게 어려운 일이에요? 아버지에게, 나 자신에게, 이런 상황에 화가 치밀었다.

아이는 곤하게 잠들어 있다. 그녀도 잠들어 있다. 아

니, 이제 깨어났다. 하지만 나는 아무에게도 말하지 못한다. 꽉 깨문 입술에서 찝찔한 맛이 났다. 손등으로 훔치니 피가 묻어나왔다. 바셀린 뚜껑을 열고 손가락으로 여기저기 후벼팠다. 바닥 깊숙한 곳에서 끈적한 것이 뜨겁게 딸려 올라왔다. 그것은 한 줌의 덩어리였다. 뭐라 이름 붙일 수 없는 그냥 뜨거운 것이었다. 나는 그것을 입술에 아무렇게나 문질렀다. 그리고 아이의 갈라진 입술에 입을 맞췄다. 아이는 끙 소리를 내며 몸을 뒤챘다. 의자에 앉아 아이의 손을 잡고 침대에 얼굴을 묻었다. 밤샘을 한 후 노곤한 몸과는 달리 정신은 명료했다.

언젠가 혼수상태에서 7년 만에 깨어난 사람의 기사를 읽은 적이 있다. 뇌사 판정을 받은 남자로 미국의 경찰관이었다. 그는 범인을 쫓는 중 총알이 머리를 관통하는 외상을 입었다. 다행히 목숨은 살았지만 끝없는 혼수상태에 빠졌다. 의사는 0%의 가능성에 관해 이야기했지만 가족들은 그를 포기하지 않았다. 결국 그는 7년 만에 긴 잠에서 깨어났다. 간병을 하던 아내가 그의 얼굴을 만지며 중얼거리자 어어, 하는 신음과 함께 눈을 떴다. 그리고 18시간을 쉴 새 없이 이야기했다고 한다. 그는 대통령이 바뀌었는지도 몰랐고 자신의 딸이 그동안 결혼을 해 아이를 낳았다는 사실도 몰랐다. 다만, 사고 나기 바로 직전의 상황에 관해서는 매우 자세히 알고 있었다. 그러니까 그에게 7년이라는 시간은 뇌가 잠시 버퍼링에 걸린 짧은 휴지기였을 것이다. 그녀는 일어나서 무슨 이야기를 할까. 내가 한 이야기에 관해, 잘못된 기억에 관해 그때 그건 이게 아니라 저거였다 말을 할까. 아마존의 여전사에게도 두려운 것이 있었다고.

딸은 내년이면 초등학교에 들어갈 나이지만 발육은 또래에 비해 더뎠다. 딸의 생은 태어난 후 집과 병원을 오간 게 다였다. 아이가 언제까지 버틸 수 있을까. 공여자를 찾을 수 없다면. 나는 애써 고개를 가로저었다. 구겨진 이불을 바로잡고 베개를 고쳐 베어주고 딸의 헝클어진 머리를 넘겨준 후 손수건으로 이마의 땀을 꼼꼼히 닦아 주었다. 조금만 더 버텨줘. 나는 딸의 귀에 속삭였다. 새로운 공여자가 나올 것이다. 나는 그렇게 생각하기로 했다. 그렇지만 생각과는 달리 나는 지금 시간을 끄는 중이다. 벽에 걸린 시계를 보았다. 딸의 얼굴을 보았다. 서랍장 위에 있는 탁상거울을 보았다. 거울 속 내 얼굴에서 그녀를 보았다. 나는 아주 천천히 문을 열었다.

아버지는 그녀를 보고 있었다. 내가 있던 자리에 앉아 그녀의 손을 꼭 잡은 채였다. 아버지가 고개를 들어 나를 쳐다봤다. 나는 심장이 뛰었다. 하나, 둘, 셋……속으로 심호흡을 했다. 소용없었다. 아버지가 나를 보는 눈빛이 달랐다. 나는 아버지를 무서워한 적이 없다. 아버지는 무능한 사람이었지 무서운 사람은 아니었다. 하지만 딱 한 번 아버지가 무서웠던 적이 있다.

초등학교 3학년 때 문방구에서 반지를 하나 훔쳤다. 색색의 큐빅이 꽃 모양으로 박힌 조악한 반지였다. 비슷한 걸 같은 반 아이가 낀 것을 보았기 때문에 갖고 싶었다. 물론 돈은 없었다. 그녀는 늘 순대값만 주었고 순대를 먹지 않자니 늘 그 시간엔 배가 고팠기 때문이다. 하교 후 혼잡한 틈을 타서 나는 반지를 주머니에 넣고 나왔다. 약지에 딱 맞았다. 나의 범행에 지장이 된 것은 아무것도 없었다. 너무 쉬웠고 너무 자연스러웠다. 단지 간과했던 것은 문방구 주인아줌마가 내가 순댓집 딸이라는 것을 알고 있다는 것이었다.

　나의 범행을 묵과한 대신 아줌마는 그녀의 얼굴을 뜨겁게 만들었다. 그리고 아버지는 내 손바닥을 뜨겁게 만들었다. 쇠로 만든 자였다. 전문 제도용이었는데 그 당시 그게 집에 왜 있었는지는 모르겠다. 그 자로 태어나 처음으로 아버지에게 맞았다. 손바닥에서 열이 나다가 피가 맺혔다. 그녀는 일을 나갔고 아무도 말려줄 사람이 없었다. 일몰의 시각, 저무는 해의 빛이 창을 통해 방바닥에 내려앉았고 그 한가운데 아버지와 내가 서 있다. 나는 그녀가 일을 마치고 빨리 오기를, 어서 와 이 형벌의 시간을 끝내줬으면 싶었다. 외롭고 무서운 시간은 천천히 흘렀다. 그로부터 20여 년이 지났지만 나는 기억한다. 그때의 아버지 눈빛이었다. 나는 지금도 그녀가 어서 와서 이 형벌의 시간을 끝내주기를 바랐다.
　"할 말이 있어요. 아버지."
　가까이 가지 못하고 문에 기대서서 나는 말했다. 아버진 잠시 나를 보다 그녀에게로 시선을 돌렸다. 입을 떼려는 순간 아버지가 먼저 입을 열었다.

"잉그리드 버그만이 최고로 아름다웠던 영화가 뭔 줄 아냐."

아버지는 뜬금없이 흑백 필름 속 여배우 이야기를 꺼냈다.

"다들 카사블랑카라고 알고 있지만 천만에. 진짜는 잔 다르크였다."

아버지와 나 사이에 잠시 침묵이 흘렀다. 그녀가 붉은 앞치마를 펄럭이며 칼을 들고 봉기하던 모습이 떠올랐다.

"의사가 다녀갔다."

고개를 숙이고 아버지가 말했다. 나는 말없이 그녀를 바라보았다. 7년 만에 깨어난 경찰관처럼 벌떡 일어날 것 같지는 않았다. 하긴 그녀가 잠을 자기 시작한 건 불과 1년이 채 안 됐다. 깨어나더라도 그 경찰관처럼 드라마틱한 사연은 되지 않을 것이다.

"서류에 사인했다."

"무슨 서류요?"

아버지는 신체조직 기증 서류를 말하고 있었다. 아버진 필요한 건 너니까 네가 하라고 했고 보호자는 아버지니까 아버지가 해야 한다고 하며 어제저녁까지 미루어 놓고 있었던 것이다. 나는 달려가 그녀의 손을 잡았다. 미동이 없었다. 손을 잡고 흔들어 보았다. 아무일도 일어나지 않았다.

"손가락을 움직였는데. 말도 알아듣고 반응했다고요. 지금도 들리지? 응? 내 목소리 듣고 있지?"

급기야 나는 그녀의 어깨를 잡고 흔들었다. 그러다가 막 들어오는 간호사들에게 저지당했다.

"아까 일어났었다니까요. 깨어났다고요. 아버지도 알고 있죠?"

아버진 조용히 그녀를 바라보기만 했다.

"보호자 분, 진정하세요. 뇌사자라도 손가락이나 얼굴 근육이 움직일 때가 있어요. 신경 반응일 뿐이지 깨어난 건 아니에요."

간호사들이 나를 그녀에게서 떼어놓았다. 침대 바퀴 잠금쇠를 풀고 병실 문이 열리고 그녀를 실은 침대가 병실을 빠져나갔다. 그녀의 손이 내 손에서 빠져나갔다. 나는 아버지와 텅 빈 병실에 망연히 서 있었다. 해가 완전히 떴고 일출의 햇살이 우리를 감쌌다. 복도를 지나는 침대 바퀴 소리가 점점 작아졌다. 니들이 뭘 알아. 그녀는 정말 깨어났단 말이야. 나는 멍하니 서서 그 소리를 듣고 있었다.

아버지가 내게 염통을 양보했던 적이 딱 한 번 있다. 손바닥에 피 맺히도록 쇠자로 맞은 날이었다. 일을 끝내고 온 그녀가 검은색 비닐봉지에서 염통 한 덩이를 꺼냈다. 이상했다. 평상시 순대나 간이 남는 일은 있었지만 염통은 늘 다 팔고 없었는데. 그녀는 염통을 썰어 소금간과 함께 접시에 내왔다. 따듯한 김이 났다. 아버지는 소주 한 병을 따서 마셨지만 안주에는 손을 대지 않았다. 그리고 부어서 젓가락질을 못 하는 내 손에 포크를 쥐여주었다. 그때의 염통 맛은 다른 날들과 달랐다. 쫄깃하고 고소한 육질과 함께 짭조름한 눈물이 씹혔다.

아버지는 내게 등을 보인 채 창밖을 향해 섰다. 아버지의 처진 어깨 위로 비듬이 내려앉았다. 아버지에게 다시 한번 맞고 싶었다. 피가 맺히도록 쇠자로 흠씬 맞고 싶은 충동이 일었다. 나는 아버지를 텅 빈 병실에 혼자 두고 나왔다. 창문으로 들이치는 햇살이 너무 눈부셨다. 어디로 가야 할지 몰라 발이 복도를 서성댔다.

문득, 내가 기다렸듯 그녀도 기다릴 거라는 생각이 들었다. 누군가 어서 와 이 시간을 끝내주기를. 나는 하늘다리로 향하던 발걸음을 돌렸다. 초조하게 걷던 발이 어느 순간 뛰고 있었다. 휠체어를 지나고 링거병 들고 다니는 사람들을 지나서 엘리베이터까지 뛰었다. 숫자가 1층에서 올라올 생각을 안 했다. 누군가 잡고 있는 모양이었다. 비상구 계단으로 내려갔다. 10층에서 3층까지 손잡이를 잡고 두 칸씩 내려가다 슬리퍼가 벗겨졌다. 슬리퍼를 손에 쥐고 달리는데 심장 소리가 들렸다. 금세 땀이 맺혔다. 등 뒤로 땀방울이 도로록 떨어지는 게 느껴졌다. 메스가 사악 스치는 것처럼 등골이 서늘했다.

3층에 도착해 수술실의 붉은 글씨를 향해 달렸다. 수술 중 불이 들어와 있고 접근금지 표시가 있고 문은 굳건히 잠겨있었다. 슬리퍼를 쥔 손으로 문을 두드리려는 순간, 수술실 문 오른쪽 옆으로 이름이 보였다. 수술 집도의 이름 아래 적힌 환자명이었다. 손에 들린 슬리퍼가 허공중에 멈춰 섰다.

문 앞에서 나는 그 낯선 이름을 오래도록 바라보았다.

피도 눈물도 없이,
가족을 인류처럼 사랑하는 법

1. 내다 버리고 싶은 가족 이야기지만

김하율의 소설집 《어쩌다 가족》은 가족으로 시작하여 가족으로 끝난다고 해도 과언이 아닐 정도로 가족과 그 가족이 유지되는 사회적 시스템에 대한 탐구로 넘쳐난다. '피는 물보다 진하다'는 고색창연한 교훈에서부터 '보는 사람만 없으면 내다버리고 싶'다는 악담까지, 가족에 대해서라면 아는 척하는 사람도 많고 전해지는 이야기도 많은데, 또 끊임없이 생산되고 있기도 하다. 하기야 태어나 존재하는 이상 가족 이야기에서 자유로울 수 있는 사람이 얼마나 될까. 그만큼 공감의 범위가 넓다는 것이 가족 이야기의 매력일 텐데 또

미담부터 패륜까지 너무 많은 이야기가 있어서 웬만해선 어디선가 들어본 것 같다는 것이 문제라면 문제다. 이제 첫 소설집을 내는 신예작가 김하율은 어쩌자고 처음부터 끝까지 가족으로 뭉쳐진 이야기를 독자들에게 내어놓은 것일까? 밑져야 본전이겠지만, 잘해봐야 본전이기도 할 텐데?

　아니나 다를까. 책을 펼치자마자 '보는 사람만 없으면 내다버리고 싶은' 가족들이 연달아 등장한다. 거듭되는 불운을 겪으며 일생을 실패만 한 아버지, 식솔을 건사하고 가족을 안정적으로 지키는 일 같은 것을 제대로 해본 적 없이 늙어, 얼굴만 두꺼워진 아버지. 아버지 대신 가족들이 먹을 것을 마련하며 일생을 노동으로 늙은 억척어멈 어머니도 자식들 입장에서 달갑지 않기는 마찬가지다. 그런 부모 밑에서 필요 이상으로 생활력이 강하거나 반듯해야 한다는 의무감이 강박처럼 일상에 그림자를 드리우곤 했으니까. 그러고 보면 가족이란 어쨌거나 달갑지 않다. 가족을 먹여 살리기 위해 평생을 개미처럼 일한 아버지는 그만큼의 쓸쓸함과 초라함 때문에 무겁고, 혹시 남다른 성공으로 자식들에게 평생의 편안을 준 아버지가 있다면 그는 또 보상처럼 자신의 권위를 인정받기를 원하고 자식들에게 지배력을 행사하려 할 테니. 억척어멈 어머니, 집 나간 어머니, 가족의 굴레에서 날개를 펴지 못한 불행한 어머니도 모두 부담스럽기는 마찬가지다. 제발 자기 인생을 좀 살았으면 좋으련만, 하고 배은망덕한 소리나 내뱉다 보면 후레자식 처지를 못 면한다. 그러니 가족에 대해서 우리는 어떤 이야기를 더 할 수 있을까.

2. '어쩌다' 가족이 되었다면,
굳이 계속 가족이어야 할까요?

김하율의 소설에 등장하는 가족은 일반적 의미의 가족 구성에서 벗어나 있는 경우가 많다. 일반적이라고 하면 좀 어폐가 있지만, 우리 사회에서 이른바 '정상가족'으로 인정받는 범위-이성애자 부모와 그 사이에서 태어난 딸 혹은 아들로 구성된 핵가족을 기반으로 주위 친족으로 범위가 정해지는-를 일단 '일반적' 가족의 범위로 정의해 보자. 〈가족의 발견〉의 아버지는 두 번 이혼하고 세 번째 결혼도 파탄 직전에 있다. 소설에 등장하는 가족은 아버지의 첫 번째 결혼으로 태어난 딸과, 그리고 세 번이나 결혼을 했지만 그 결혼으로 낳은 자식이 아닌 혼외 자식이자 외국인으로 구성되어 있다. 자매는 같은 아버지와 어머니 사이에서 태어나지 않았으며, 국적도 다르고, 심지어 자매인지 남매인지도 말하기 애매한데, 필리핀에서 아버지를 찾아온 미셸은 여자가 되고 싶어 하는 남자이므로 딸도 아들도 아니다. 〈바통〉의 나는 어머니가 세 번째 결혼을 한 노인과 함께 살다가 집을 나왔는데, 어머니는 여자 인생을 좌우하는 것은 결혼이라고 생각하고, 첫 번째 남편에게서 두 번째 남편에게로, 다시 세 번째 남편에게로 옮겨간 자신의 인생을 딸에게도 넘겨주려 한다. 가장 극단적인 경우는 〈어쩌다 가족〉일 텐데, 전남편과 현남편, 전부인과 현부인이 함께 사는 가족이다. 나와 남편은 사내 커플로 만난 부부로, 열심히 일했으나 월급이 오르는 것으로는 감당할 수 없는 집값을 쳐다보며 내 집 마련에 전전긍긍한다. 결혼한 지 7년이 지났고, 아이도 없으므로 신혼부부 특별공급이나 다자녀 특별공급을 기대해 볼 수도 없다. 집을 얻기 위해 장난처럼 세운 계획이 두 사람이 이혼하고 자녀가 있는 부부와 다시 각각 재혼하는 것이다. 그리고 그 계획은 실제로 실행되었다. 이민 사기로 갈 곳을 잃은 우크라이나에서 온 빅토르와 루드밀다 부부가 선택되었다. 원하는 대로 분양을 받고 아파트에 입주하여 이 가족 아닌 가족은 함께 산다. 부동산 감독원의 조사를 통과해야 하기 때문이다. 나와 빅토르가, 그리고 남편과 루드밀다가 부부가 되어 서로 팔짱을 끼고 조사원 앞에서 연기를 한다. 서로 첫눈에 반해 각각의 배우자와 이혼을 하고 파트너를 바꿔 재혼해서 재산분할이 될 때까지 함께 사는 복잡한 부부 행세를 하고 있다. 두 번째 방문 후 조사원이 내뱉는 말은 독자가 묻고 싶은 말이기도 할 것이다. "이렇게까지 해야 합니까?"

그러게, 왜 이렇게까지 하는 걸까? 주거 현실의 심각성을 강조하고, 부동산 열풍과 기계적인 정부 주거 정책을 풍자한다는 의도를 감안하더라도 확실히 이 설정은 좀 지나치고, 그래서 억지스러운 것처럼도 보인다. 왜 이렇게까지 해야 하는 걸까,라고 고개를 갸웃거리다 보면 이렇게까지 해야 하는 것이 아니라, 이렇게 해도 안 될 것이 없다는 것, 즉 '일반적' 범위의 가족이라는 것이 그렇게 자연스럽지도 당연하지도 않다는 데 생각이 미치게 된다. 한 쌍의 남녀가 만나 함께 가정을 일구고 가계를 꾸리며 거기에 마땅히 요구되는 각각의 역할을 부담하는 형태로만 가족이 만들어지는 것이 아니지 않을까. 우리가 상상했던 가족의 형태와 구성원끼리의 역할이라는 것은 자연적인 것도 당연한 것도 아닌, 인위적으로 구성된 것에 불과하지 않을까. 주거 정책과 법률에 따라 결혼한 지 7년이 지나지 않은 부부가, 결혼하자마자 자녀를, 그것도 많이 낳을수록 거주할 집을 얻는 데 유리하다면, 그런 형태의 가족이 우리 사회가 권장하는, 그리고 보편적인 가족 구성의 행로라고 할 만하다. 그런데 정책과 법률을 따라 구성한 가족은 어떻게 봐도 일반적이라 하기 어려운 꼴이 되었다. 같은 인종과 국적으로 구성되어 있지도 않으며, 이성애에 기반한 지속적인 애정 관계로 형성되지도 않았으며, 혈연으로 이어진 관계도 아니다. 소설의 논리를 따라가다 보면 자연적이라 해도 좋을 만큼 당연하다고 생각했던 가족은 사실은 사회적 시스템에 의해 구성되고 만들어진 것에 불과하다는 결론에 이르게 된다. 가부장의 권위, 부모의 자녀 양육 책임, 가족 내에서의 성역할, 부모 봉양의 의무나 미덕, 혈연으로 이어져 평생을 지켜야 할 의무나 애정이라는 거부하기 힘든 도리나 감정조차도 사실은 사회적으로 만들어진 것일 뿐, 누구에게나 적용되는 타고난 본성은 아니다. 천륜이라 믿어 의심치 않았던 관계들이 사실은 언제든 부서질 수 있는 나약한 것이며, 나약하기 때문에 법과 제도가, 윤리와 통념이 그렇게나 반복해서 그 관계들을 강조하고 규제하면서 보호하고 있었던 것은 아닐까. '어쩌다' 가족이 될 수도 있는 것이다.

그래서 소설 속 부부들은 대체로 불임이거나 난임이고, 모성애나 부성애 또는 가족애 같은 것이 결핍되어 있다. 당연한 것이 아니라 만들어진 것이라고 생각한다면 이해가 쉽다. 만들어진 것이기 때문에 그것을 만들어내는 과정은 저절로 이루어지지 않는다. 아이를 낳기 위해 날짜를 맞춰 노력해야 하고, 그것도 아니면 의료 기술의 도움을 받아야 한다. 아이를 사랑하고 잘 기르기 위해 일상의 많은 부분을 희생하는 모성애는 임신과 출산을 통해 저절로 얻어지는 것이 아니라 불완전한 생명의 신호를 알아채고 거기에 반응하기 위해 끊임없이 훈련한 산물이다. 그리고 그 끊임없는 훈련이란 노력 없이 지속되기 어려우므로 자기희생의 위대함과 숭고함과 아름다움이 자발적으로, 타율적으로 주입되어야만 하는 것이다. '마더'는 '메이킹' 된다.

밥과 리는 호르몬제를 만드는 연구소의 직장 동료로 만나 결혼했다(《마더메이킹》). 연구소의 에이스였던 리는 출산 후 양육을 위해 회사를 그만두었고 밥은 리가 퇴사한 후에 에이스가 되었다. 하나를 취하면 하나를 버려야 하는 성격이었던 리는 24시간 경계 태세에 있어야 하는 육아와 일을 병행할 수 없다는 것을 깨닫고 일을 포기해야만 했다. 여기까지라면 여성에게만 강요되는 임신, 출산, 양육의 부담, 그로 인해 여성이 일을 포기하고 소위 경단녀가 되어버릴 수밖에 없는 현실에 개입하는 소설이라고 말할 수 있을 것이다. 그러나 소설은 더 나아간다. 소설이 현실에 개입하여 현실을 바꾸거나 문제를 재인식할 여지가 별로 남겨져 있지 않기 때문이다. 예컨대 사회적으로 경단녀의 현실이 문제시되고 그래서 출산, 육아 휴가를 보장하는 것이 법으로 강제되거나, 경력이 단절된 여성의 취업 기회를 늘리는 것으로 이 문제들이 해결될 수 있을까. 어떤 식으로든 경력을 단절하지 않고 육아와 직장을 병행하려는 개인적 노력을 지원하는 방식으로 정책이 만들어지는 것은 적절한가. 육아로 인한 여성의 경력 단절을 막고 남녀 고용평등을 지원하기 위한 법률의 정식 명칭은 '남녀고용평등과 일·가정 양립지원을 위한 법률'이다. 법률의 명칭이 이렇게 구구절절 기나긴 이유는 한마디로 응축할 수 없는 문제들이 복합적으로 겹쳐져 있기 때문이다. 남녀 고용평등 문제는 사회적 기본권인 평등을 특별히 남녀 문제로 집약시켜 놓은 것이다. 사회적 기본권으로서의 평등이 남녀의 경우 특별한 규정이 필요할 만큼 지켜지지 못하고 있다는 뜻이기도 하다. 일·가정 양립지원이 남녀평등과 동시에 등장하는 것은 행복추구권의 일종이라 할 일·가정 양립이 남녀 문제와 특별히 연관되어 있기 때문일 것이다. 모성보호와 출산 및 육아 휴직, 육아로 인한 경력 단절 여성을 위한 지원이 주 내용인 법률의 면면을 살펴보자면 일·가정 양립지원은 사실상 여성의 임신, 출산, 육아에 대한 지원이다. 임신, 출산, 육아를 여성의 역할로 전제하거나, 혹은 그렇게 전제된 현실을 반영한 법률인 것이다. 법률로 강제한다고 해서 문제가 근본적으로 해결되기는 어려워 보인다. 여성에게 가정을 지키는 역할이 할당되고, 덧붙여 일도 잘할 수 있게 지원한다는 전제가 변하지는 않기 때문이다. 보호와 지원이 강조되면 강조될수록 전제가 더 굳어지는 딜레마가 이 기나긴 이름의 법률이 지닌 함정이다.

〈마더메이킹〉은 이러한 현실을 그대로 보여주면서, 이 현실이 개선될 수 없는 근본적인 이유를 제시하여 전제를 뒤집는다. 실제로 밥의 연구소에서 개발하는 '모성애 촉진 호르몬' '마더메이킹'은 여성만을 주입대상으로 설정한다. 여성에게 양육의 책임이 주어지는 현실을 전제로 해서 양육에 더욱 헌신하게 하는 촉진제로 호르몬을 개발하는 것이다. 그렇다면 모성애는 자연적인 것이 아니다. 호르몬 촉진제를 맞아야만 양육기능이 제대로 작동된다. 리와 술을 마시다가 '마더메이킹' 베타 버전을 맞은 밥은 아이의 양육을 전담하고 직장을 그만둔다. 다시 한번, '마더'는 '메이킹' 된다. 리는 직장으로 복귀하여 에이스의 자리를 되찾는다. 직장 상사 킴의 말이 어쩌면 정답일지도 모른다. "출산 시 도파민과 옥시토신 그리고 젖 분비를 촉진하는 프로락틴"이 분비되고 그것이 모성애의 주성분이다. 그리고 이 호르몬은 인간만의 것이 아니라 생물이라면 모두 겪게 되는 현상의 하나일 뿐이다. 인간을 남/녀가 아니라 생물의 일부로 보는 것, 모성애라는 감정을 생물학적 작용의 하나로 보면서 무성화시킴으로써 〈마더메이킹〉은 남녀평등을 지원한다.

"새끼처럼 연약한 것을 연민하고 보호하려는 헌신과 인내"는 "인류 공통의 감정"이다. 모성애를 여성만의 것으로 전제하고 그것을 갖지 못한 여성이 죄의식을 느끼게 만들거나, 호르몬의 작용을 의무나 윤리의 문제로 변환함으로써 남녀평등은 지연되고, 일·가정의 양립은 대체로 여성을 대상으로 하게 된다. '모성애'가 '인류 공통의 감정'이라면 일·가정의 양립이 남녀평등과 굳이 연관될 이유가 없다. 김하율의 소설은 '가족'이라는 오래된 주제에서 피와 눈물과 윤리와 의무를 의도적으로 배제함으로써 '어쩌다' 가족의 실태를 살피고, 가족으로 잘살아가기 위한 지침을 탐구한다.

3. 피도 눈물도 없이

집을 구하기 위해 서류상 이혼을 하고, 이국에서 온 낯선 상대와 부부 행세를 해도 좋을 만큼 소설 속 인물들은 가족의 결속에 연연하지 않는다. 부모자식 간, 형제자매 간의 끈끈한 혈연에 도취될 만큼 피에 집착하지도 않는다. 오히려 부모로부터 이어받은 나쁜 피는 자신을 혐오할 이유가 되고 원인이 된다. "자신의 딸을 구성하고 있는 피 중 자신의 것이 아닌 반쪽의 피를 경멸하는 시간은 아무리 바쁘더라도 짬을 내어 꼭 할애"하는 부모 덕분에 "어느 쪽에서든 나의 반쪽 피는 나쁜 피가 되었다."(《가족의 발견》) 그 반쪽의 나쁜 피를 인정하지 않기 위해서는 반 정도의 피는 없는 셈 살아야 한다. 그래서 이들의 가족애에는 늘 피가 모자란다.

반쯤의 피를 없는 셈 친 인물들의 행동은 그래서 날렵하고 경쾌하다. 자식에게 흐르는 반쪽의 피를 경멸하는 부모 덕분에 자신을 혐오하게 되었을지라도, 이들은 그 혐오에 침잠하기보다는 눈앞에 닥친 현실을 돌파하고 넘어서기 위해 분주하다. 집을 구하기 위해서라면 상대를 바꿔 이혼과 재혼을 거듭하는 곡예도 마다하지 않고, 아이와 반려동물을 키우지 않겠다는 조항이 적힌 전세계약서에도 눈 질끈 감고 사인을 한다. 모성애를 위해 호르몬을 주사한다는 설정은 그래서 가능해진다. 인간의 삶을 내놓고 뱀파이어의 권속이 되기를 결심하는 순간에도 인턴과 계약직을 거쳐야한다는 블랙 유머는 현실의 비정함에 무너지기보다는 우울과 의연함의 리듬으로 현실의 파도를 넘는 태도에서 나온다. 김하율 소설의 인물들은 감정과 내면을 절약하는 방식으로 자신의 삶을 헤쳐나간다.

〈바통〉의 유화는 인턴으로 근무하던 대기업에서 사내 커플이었다가 남자친구에게 배신당한다. 인턴직이 정규직으로 전환되는 시점에서 인력을 추려내야 할때, 남자친구는 결혼을 빌미로 유화에게 퇴직을 권한다. 결혼하면 애를 낳고 키워야 할 테니 먼저 그만두라고. 유화는 퇴직하고 남자친구는 정규직이 되어 유화를 배신하고 상사와 결혼식을 올렸다는 그런 이야기. 이 기가 막힌 배신과 기만의 스토리에 아가멤논과 클뤼타이메스트라와 카산드라가 등장한다. 아가멤논이 클뤼타이메스트라를 제물로 바치고 카산드라와 결혼한다는 이야기로 유화의 이야기는 대신 서술된다. 원작대로라면 클뤼타이메스트라의 복수로 아가멤논은 죽었겠지만, 현실에서 고전은 먹히지 않는다. 배신당한 유화는 복수의 칼을 휘두르는 대신 아침에는 지하철역에서 김밥을 팔고 오후에는 구직활동을 하느라 바쁘다. 울고 토하고 복수하는 대신 유화는 생활의 전사로 나서고, 그래서 이야기는 이별의 슬픔에 빠질 겨를이 없다. 아가멤논의 이야기는 고전이 현실에서 통용될 수 없다는 교훈을 전달하기 위해서라기보다는, 개인적 배신과 복수를 청년 현실의 비정함과 연애와 결혼과 취업에 빈틈없이 잠입한 남녀 위계의 불평등한 구조를 객관화하는 방식으로 사용된다. 김하율의 가족 이야기가 특별해지는 것은 이 지점이다.

그녀는 우리에게 똑같은 크기의 순대 토막을 쥐여주고 똑같이 돈을 받았다. 애초에 용돈에는 순댓값이 책정되어 있었다. 밖에서 보는 그녀에게 우리는 순대를 테이크아웃 하러 오는 고객이나 마찬가지였다. 어차피 아침에 준 용돈을 오후에 다시 회수해 가는 것이었는데도 그녀는 그 방식을 고수했다. 우리도 그 방식이 편했다. 그 관계의 방식은 집에서도 이어졌는데 그녀의 몫이 돈을 벌고 밥을 해서 우리를 먹이는 사람이라면 우리의 몫은 그것을 먹고 성장하면서 학생의 본분인 공부를 하는 것이었다.

— 〈그녀의 이름을 보았다〉, 236쪽

　전체를 통틀어 가장 감동적인 구절이었다고 한다면 좀 엉뚱한가? 한량 남편 대신 순댓국을 팔아 자식들을 키우는 어머니, 일생을 억척어멈으로 살았던 어머니의 생활력을 모성애나 가족에 대한 애착으로 그려내지 않는다. 그저 자신의 할 일을 할 뿐이고 자식을 키우는 일을 의무와 본분처럼 해냈던 어머니. 순대를 파는 작업장은 그녀의 노동 현장이고 거기서 마주쳤을 때는 자식들도 고객이다. 집에서는 용돈을 주고 가게에서는 물건값을 받는 어머니, 애틋한 모성애나 희생과 헌신의 어머니라는 세속적 이야기에서 피를 거두고 눈물을 닦아낸 반전이다. 심장이 약한 손녀에게 심장을 공여하는 뇌사자 할머니, 그 사이에 놓인 딸은 뇌사자인 어머니의 손가락이 움직이는 것을 보았고, 심장이식 수술을 멈춰야 한다고 생각했지만 쉽게 결정을 내리지 못한다. 신경 반응일 뿐이지 깨어난 것은 아니라는 말을 듣고도 딸은 어머니가 살아 있다는 환상을 버리지 못한다. 결국 어머니는 수술실로 들어가고 수술실 문 앞에서 딸은 어머니의 낯선 이름을 본다. 딸은 번민하고 소리쳤지만 눈물을 흘리지는 않는다. 덕분에 어머니의 심장 공여는 손녀를 위해 희생하는 할머니라든가, 어머니 대신 딸을 선택해야 하는 모정 같은 뻔한 의미로 읽히지 않는다. 그녀가 발견한 어머니의 낯선 이름이 아내로 어머니로 살아야 했던 여자의 이름을 찾아준다는 익숙한 이야기와 왜 연관되어 있지 않겠는가만, 여기서는 좀 다른 의미로 읽힌다. 한 인간으로서의 어머니의 존재. 자식을 키우고 생활을 견디는 것을 자신의 본분으로 여겼던 한 사람의 어른. 〈마더메이킹〉의 킴의 말처럼 모성애가 '새끼처럼 연약한 것을 연민하고 보호하려는 인류 공통의 감정'이라면 어머니는 한 사람의 힘 센 인류로서 약하고 어린 자식을 키웠고, 늙어 소멸해가는 한 사람의 인류로서 작고 어린 인류에게 자신의 심장을 건넸다. 인류로서 가족을 사랑하는 일은 이런 식으로 가능해지기도 한다.

4. 새로운 가족 이야기가 이제부터 시작됩니다

난이도를 좀 높여 보자. 《어쩌다 가족》에 등장하는 가족 중 가장 난이도가 높은 가족은 역시 〈가족의 발견〉에 등장하는 아버지다. 지명수배자 명단에 등장하는 사기꾼 아버지, 필리핀으로 출장을 간 짧은 시간 동안 자식을 만들어 놓는 재빠른 파렴치, 30년 만에 자신을 찾아온 자식에게 미안해하거나 반가워하는 대신 냅다 가슴부터 주무르는 아버지, 30년 만에 만난 자식에게 건넨 첫인사는 "잘 고쳤구나"다. 양육비를 청구하는 자식에게 대뜸 찾아와서 돈을 꿔달라고 말하는 뻔뻔함은 점입가경이다.

자식들의 연대가 시작된다. 첫 아내가 낳은 딸은 느닷없이 나타난 동생에게 보험 사기를 제안한다. 예행연습을 하고 일기예보까지 확인한 후 아버지를 태우고 강물로 뛰어들기. 그러나 아버지도 만만치 않다. 몸에서 수면제 성분이 검출되면 타살로 의심받을 수 있으므로 사고로 위장하기 위해서는 약 성분의 도움을 받아서는 안 된다. 딸이 건넨 수면제를 몰래 뱉어내고 아버지는 딸의 계획에 동의하고 협조한다. "나도, 세상도 서로에

게 진력이 난 모양"이니, "오히려 홀가분하다."(224쪽) 딸
들이 하려는 일은 살인이 아니라 사기이며 아버지는 거
기에 협조함으로써 피해자가 아니라 동업자가 된다. 피
해만 끼친 딸들에게 마지막 선물로 보험금이라도 남기
려는 한 조각 선의라든가 부정(父情) 같은 것은 전혀 내
비치지 않는다. 마침내 아버지를 죽일 수밖에 없는 딸
들의 심정에서 일말의 회한도 등장하지 않는다. 도저히
사랑할 수 없는 가족을 참아 내거나, 억지로라도 혈연
의 끈을 이어가는 대신 차라리 동업자가 되는 방법을 택
한다. 동업자가 되면서 역설적으로 사기꾼이었던 아버
지를 인정할 수 있게 되고, 그래서 마지막 사기의 목표
를 딸들의 보험금 수령으로 삼는 아버지의 삶이 나름대
로 기승전결을 갖추게 된다. 그럴듯한 반전이다. 역설적
이해가 그 반전 속에 있다. 아버지에게 부양의 의무라든
가, 보호자의 역할을 기대하기를 그만두고, 일생을 사기
꾼으로 살아온 어쩔 수 없는 한 인간으로 인정하고 객관
화하는 것, 가족의 굴레를 씌우지 않고 정도 이상으로
뻔뻔하고 불운하고 무능한 한 인간으로 내버려두는 것,
비정해 보이기는 하지만 모두 자상하고 다정하고 사랑
스러울 수만은 없는 가족에 대한 객관적 이해라고 할 수

있지 않을까.

가족에 대한 관습적 이해에 돌입하려는 순간, 돌연 그 이해의 순조로운 행로를 차단하는 것은 김하율 소설에서 자주 등장하는 장치이다. 전세난에 번번이 집 구하기에 실패하다가, 올 화이트로 인테리어를 한 결벽증 집주인의 요구에 맞춰 전세기간 동안 출산을 하지 않겠다는 암묵적 약속이 담긴 계약서에 사인하려는 순간, 습격하든 들이닥친 입덧. 연애 3년 결혼 3년 만에 자연임신을 위한 온갖 민간요법과 의학의 힘을 빌린 인공시술까지 모두 실패한 끝에 찾아온 임신이었다. 오랜 기다림 끝에 마침내 성공한 임신의 기쁨도, 지쳐 나가떨어질 때쯤 겨우 허락받은 스위트홈의 꿈도 순순히 즐길 수 없다(《판다가 부러워》). 분양을 받기 위해 위장 이혼을 하고 다시 위장 결혼을 한 '나'의 임신도 마찬가지 패턴이다(《어쩌다 가족》). 무사히 부동산 감독원의 조사를 통과하고 나면 다시 이혼을 하고 서류를 되돌려 놓을 작정이었지만 빅토르와 루드밀다가 만만치 않다. 이대로 우크라이나로 돌아갈 수 없다는 것이다. 덕분에 원하는 바를 이루었으니 자신들의 몫을 달라는 이방인들의 요구로 '어쩌다 가족'의 나날에는 바람 잘 날이 없다. 그 와중에 임신 사실을 알게 되었으니, 어떻게 해도 임신의 기쁨을 즐길 여유는 없다. '혼인 중의 자'로 추정되어 졸지에 뱃속의 아이가 빅토르의 자식이 되지 않게 하려면 일단 빅토르와의 분쟁을 해결해야 하고, 이혼과 재결합의 법률적 문제를 해결해야 한다. 그전에 부동산 조사관의 의혹을 해소해 주어야 함은 물론. 가족은 얽힌 매듭을 풀듯이 하나하나 차근차근 풀어야만 할 숙제와도 같다. 400년을 잠자다 깨어난 뱀파이어는 김모에게 권속이 되지 않겠냐는 제안을 한다(〈피도 눈물도 없이〉). 가족을 뜻하는 '권속'은 장르물에서는 주로 "흡혈귀가 자신의 수하를 만들기 위해 인간을 흡혈귀로 변화시키는 과정"을 뜻하는 개념으로 쓰인다. 가족에 대한 이렇게까지 원색적인 설명이 있나 싶다. 평생, 아니 영생 동안 피를 나누는 사이가 권속이다. 그러나 권속이 되는 과정이 만만치 않다. 인턴 과정 3개월 동안 김모는 착실하게 뱀파이어 선녀의 집사 노릇을 하고 주기적으로 피를 내어 주었으나 갈길이 멀다. 사채에 몰려 장기를 내어주게 생긴 김모의 사정을 알고 뱀파이어 주인님은 냉정하게 돌아선다. 인턴 다음에는 계약직, 그 다음에야 정규직이 될 수 있으니 권속 계약은 파기되었다. 가족 같은 회사라느니 하는 말을 절대로 믿어서는 안 되는 것이었는데, 김모는 피의 힘을 너무 믿었다. 핏줄로 상징되는 가족 이야기는 이제 그만. 그새 다른 이야기가 시작되고 있다.

피는 물보다 진하다지만, 진하다고 다 좋은 것도 아니고 물이 피보다 못하라는 법도 없다. 피 같은 것을 믿지 말고 물처럼 담백하게 내가 있는 자리에서 우리의 관계를 따라 흘러 보면 어떨까. "이 시대 젊은것들이 할 수 있는 일이 얼마나 없는지", 나와 유화는 지하철역 앞에서 청년 실업의 현실을 돌파하며 김밥을 판다(〈바통〉). 은박 포장 김밥은 마치 '바통' 같다. 그들은 멀리서 천 원짜리를 흔들며 달려와 김밥을 받아 또 달려간다. 갈 곳 없는 구직자와 갈 곳이 직장밖에 없는 출근길의 직장인이, 한 사람 한 사람의 인간으로 반짝반짝 따뜻한 김밥을 들고 의연한 생활을 이어 달린다. 끈적하고 지루한 가족 이야기 대신, 낯선 타인과 타인이 만나 서로 건네는 한 권의 바통. 이 책을 읽는 당신도 달리고 있는가.

서영인 문학평론가

다섯 살을 지나고 있는 딸아이는 엄마의 직업을 가짜라고 말한다. 작가라는 단어와 가짜라는 단어가 발음이 비슷하게 느껴지는지 유독 헷갈려 한다.

"엄마 진짜, 가짜야(진짜 작가야)?"

이런 질문을 듣고 있자면 나도 내가 진짜인지 가짜인지 헷갈린다.

'불행에도 면역이 있어서 강한 자에게는 접근을 안하고 약한 자, 빈틈이 보이는 자, 쓰러질 듯 비틀거리는 자에게는 수도 없이 달려들고 덤벼든다. 그리고 종국엔 그를 넘어뜨리고 자빠뜨리고 나서야 의기양양 떠나간다. 그래서 불행 앞에 의연해지려고 노력한다. 아무렇지 않은 척. 이 정도 가지고는 어림없다는 듯이. 불행을 불행하게 만들어 주겠다는 오기로.'

좋아하는 작가의 소설집 맨 뒷장에 15년 전 내가 적어 놓은 메모를 며칠 전 발견했다. 기억나지는 않지만 인생의 어느 길목을 지나고 있었던 것 같다. 막막하고 늘 불안했던 일상은 그 후 5년이 지나 SNS에 이런 글도 남겼다.

'우울이 미열처럼 떠도는 밤. 중국에선 초딩 6학년 세 명이 숙제를 다 못 한 것을 비관, 자살미수를 했다는데. 피식 웃다가 위안을 받다. 그래, 지금 내 우울과 비관도 훗날 어르신하율이 본다면 그러겠지. 피식.'

인생의 어두운 터널을 지나며 나는 늘 미열처럼 옅은 우울을 지니고 있었다. 지금도 그 터널을 지나고 있다고 생각한다. 그 가운데 글은 계속 쓴다. 글을 쓰고 있는 동안은 빛을 향해 달려가는 기분이다. 매일 새벽 4시 30분에 눈을 떠서 쓴다. 진짜 가짜가 되기 위해.

이 책에 실린 작품들 중 〈마더메이킹〉은 아이를 낳고 모성에 관해 고민하던 시절, SF 페미니즘 앤솔러지 청탁을 받아 작업한 작품이다. 당시, 나와 같은 생각을 하는 사람들이 많다는 사실을 알게 되었다. 한 번의 시절을 거쳐 나름의 해답을 얻은 나는 이 지면을 통해 세상의 모든 마더들에게 말하고 싶다.

'모성은 타고나는 게 아니라 학습되는 거랍니다. 천천히, 고통스럽지만 기쁘게, 아이의 키와 더불어 같이 자라더군요. 그러니 고민하지 말고 잘 자라도록 물을 줍시다. 그리고 그 물은 한 마을의 사람들이 모두 함께 주는 겁니다.'

모든 아이가 관심과 사랑을 당연하게 받는 사회가 되었으면 좋겠다.

하나 더, 〈마더메이킹〉 마지막에 나오는 나무늘보의 고스트팩터가 도대체 뭐냐는 질문을 많이 받았다. 독자에게 질문을 남기려는 의도도 있었으나 솔직히 쓰고 있던 당시는 몰라서 못 썼다. 지금 문득, 독자가 되어 생각해 보니 이게 아닐까 싶다.

DREAM

우선 육아를 하려면 잠을 많이 자야 한다. 체력 보충

을 위해.

지금은 부모가 된 소년소녀들도 꿈을 가져야 한다. 나를 지키기 위해.

등단 후 8년만의 첫 책이다. 심신이 가난한 글쟁이가 아무런 성과 없이 이토록 오래 버틸 수 있었던 것은 오로지 귀족적 후원자들 덕분이다. 한 권의 책이 나오기까지, 한 명의 작가가 되기까지 얼마나 많은 후원과 협조와 보살핌이 필요한가. 내 곁의 당신들이 없었다면 이 책도 세상 밖으로 나올 수 없었다. 그러니 이 자리는 내 후원자들의 명단이 공개되어야 마땅한 자리다. 고마운 분들이 많으나 1순위만 공개하겠다(다음 책에서 순차적으로 2순위 공개를).

동대문 김사장 부부. 김사장님은 나와 2촌 사이다. 우리는 많은 추억을 공유하고 있고 지금까지도 물심양면으로 나를 지원하는 든든한 후원자다. 앞으로도 잘 부탁드립니다.

그동안 여러 공간에서 글을 썼다. 토지문화관, 스테

이 변산바람꽃, 호텔 프린스에서의 시간을 잊지 못한다. 공간이 주는 위로와 격려란 그런 것이었을까. 혼자 산책하고 책을 읽고 다른 작가들과 수다를 떨며 밤을 새웠던 시간들. 지금은 전생의 기억처럼 아득하고 그리움만 남았지만 그곳에서 만난 사람들과의 소중한 인연은 지금까지 이어지고 있다.

내가 작가가 되던 순간을 기억하고 있는 분에게 첫 책의 해설을 부탁하겠다는 것은 내 오랜 바람이었다. 그 청을 선뜻 받아준 서영인 선생님에게 감사드린다. 작품보다 더 감동적인 해설을 보내주셨다. 감각적인 출판사 폴앤니나에서 첫 책이 나오다니, 짝사랑을 이룬 기분이다. 원고를 소중하게 받아준 김서령 작가님에게 역시 감사드린다.

마지막으로 나의 건장한 뮤즈 ES에게, 사랑과 존경을 담아 보냅니다.

그리고, 이 책을 읽고 있는 당신에게도.

2021년 여름의 길목, 작업실 작당에서

김하율

초등학교 6학년 어느 새벽, 『바람과 함께 사라지다』의 마지막 장을 덮으며 작가가 되겠다고 마음먹었다. 그 후 단편소설 「바통」으로 실천문학 신인상을 받으며 데뷔했고, 앤솔러지 『우리가 먼저 가볼게요』 작업에 참여했다. 2018년에는 한국문화예술위원회에서 주관하는 아르코창작기금을 받았다. 모든 작가의 소망이 내게도 이루어지길 바란다. 마지막 순간까지 현역 작가로 살 수 있기를.

폴앤니나 소설 시리즈 004

어쩌다 가족

ⓒ김하율 2021

초판인쇄	2021년 7월 16일
초판발행	2021년 7월 16일
지은이	김하율
펴낸이	김서령
책임편집	이진
편집	오윤지
디자인	이신애
펴낸곳	폴앤니나
출판등록	2018년 3월 14일 제2018-09호
전화	070-7782-8078
팩스	031-624-8078
대표메일	titatita74@naver.com
홈페이지	www.paulandnina.com
인스타그램	@titatita74
ISBN	979-11-974897-0-9 03810

이 도서는 한국출판문화산업진흥원의 '2021년 우수출판콘텐츠 제작 지원' 사업 선정작입니다.